AF131520

Partition entre deux mondes

Laurent Barbe

.

© 2021, Laurent Barbe
Édition : BoD – Books on Demand,
12/14 rond-point des Champs-Élysées, 75008 Paris
Impression : BoD - Books on Demand,
Norderstedt, Allemagne
ISBN : 9782322380589
Dépôt légal : Août 2021

« Les lettres se suivent,
les mots s'enchaînent
et la vie s'écrit »

« Si c'était l'unique fois ?
Si le temps s'arrêtait là ? »

La pluie ne cesse de s'abattre sur le toit usé du refuge et le jour s'endort dans un coin de fenêtre. Nos ombres se dessinent sur les murs en pierres. La table de bois vieillie par le temps supporte nos sacs lourds de souvenirs de randonnées et d'anecdotes. Les flammes de la cheminée et moi-même pour seul public, mon père se livre enfin...

De toutes nos randonnées que nous voulions mensuelles, rituelles celle-là est devenue la plus belle.

— Raconte-moi papa

— Je veux bien mais ravive le feu dans la cheminée, il va s'épuiser de m'écouter...

Je suis donc arrivé à vingt heures, petit encas sur le zinc, une pression puis deux. J'étais persuadé que l'ivresse m'aidait à m'évader sur mon clavier. Je me disais que si Gainsbourg était si prodigieux, c'était qu'il y avait un monde fascinant dans l'état second. Sauf que ce soir-là c'était la fois ou le verre de trop.

Vingt heures quarante-cinq, j'ai pris place sur ma banquette recouverte de cuir noir assorti au piano à queue sur lequel j'ai posé mon verre. L'endroit était sobre, tables et chaises vieillies par le temps. L'instrument se trouvait à distance raisonnable des conciliabules et de l'écoute. Devant moi la piste de danse et dans le fond, le comptoir du patron semblable à lui-même : mélange de bois brut et de verre poli. Ce n'était peut-être pas un cadre idyllique, mais la lueur des bougies lui donnait un côté romantique. J'ai d'abord joué les grands classiques, Brel, Aznavour, Brassens… à ce moment-là je n'osais pas encore infliger à l'assistance mes notes et mes maux.

Puis mon répertoire préféré : Serge Gainsbourg.

J'aimais lui consacrer entièrement un passage. C'est à partir de ce moment-là que je fermais les yeux et m'évadais dans mes pensées sans que personne ne puisse me déranger. Je finissais toujours mon tour de chant par la « Javanaise[1] ». Cette chanson résonnait comme une vérité. L'histoire d'amour qui ne dure que le temps d'une chanson. « A votre avis, qu'avons-nous vu de l'amour ?». Cette phrase remet en cause toute relation éternelle ou passagère.

---

[1] *La javanaise.* 1963 Auteur-compositeur interprète Serge Gainsbourg

A la suite de ce tour de chant, avec un rythme imposé, les gens devaient se déplacer vers la piste de danse et le comptoir. Plus les fûts de bière se vidaient plus il fallait accélérer, c'était le maitre-mot du patron : « Tu es là pour faire rêver puis faire consommer ». Son rêve à lui était éphémère, et s'arrêtait à la dernière ligne du bilan économique de la soirée.

Le dernier couplet de la Javanaise résonnait encore dans ma tête quand le son de mon clavier m'a ramené à la réalité. Mes doigts parcouraient les touches noires et blanches, ce son que je n'entendais que dans mon appartement, a pris tout son sens ce soir-là. Jamais je n'avais osé jouer mes compositions devant même une seule personne, mais le Bourbon aidant, j'ai laissé mes mains continuer et je me suis rapproché du micro.

Prendre une grande inspiration,
Puis une énorme expiration
Pousser la porte de mon monde parallèle
Et lancer mes maux au monde réel.

Cauchemar

Penser à me lever
Comprendre pourquoi le faire
Dans mon café, le pain tremper
Il ne me reste plus que ça à faire.

Hier ma boîte a fermé
On est des centaines dans mon cas
On pourrait lutter les bras levés
Mais le boss ne s'en fait pas

Mon métier, ma femme
Mon fiston, mon foyer
Je n'ai plus rien à espérer
Tout le monde m'a quitté
Chienne de vie

Ma femme s'est barrée
Pour des raisons que je connais
Le désespoir m'a envahi
Je ne donne plus de sens à ma vie

Mon fils ne me connaît plus
Je suis seul dans la rue
Je n'ai plus de foyer
Ma vie m'a quitté

Et le réveil a sonné
Près de moi ma femme pleurait
Etait-ce rêve à oublier
Ou un prémonitoire bien pensé

Mon métier, ma femme
Mon fiston, mon foyer
Tout le monde est resté
Mais le doute a subsisté

.

Soudain j'ai senti une présence, la peur m'a fait retirer les mains du clavier. Brutalement le couvercle s'est refermé. Mes doigts sont passés au bord du drame. J'ai levé les yeux, mon patron était là, je me souviendrai toujours de son regard. Il voulait dire « tais-toi ! Que fais-tu ? Pour qui tu te prends ? » Ses yeux à la fois imbibés d'alcool et de fumée ont laissé place à la colère. Il a fait signe au DJ de prendre le relais.

Il n'a pas eu besoin de me dire autre chose, la discussion qui n'avait pas commencé s'arrêta au moment où il a étendu sa colère sur le bois du piano. Il ne me restait plus qu'à m'évader très loin d'ici, en me jurant de ne plus toucher un seul clavier.

Je venais d'être licencié…

« Si c'était l'unique fois ?
Si le temps s'arrêtait là ? »

— Licencié pour avoir chanté tes textes papa ?
— Non, pour être sorti du chemin conventionnel.

J'ai rencontré Amandine la semaine suivante. Profitant de l'absence de mon ancien patron, je suis allé récupérer mes partitions.

C'était un mardi soir. Elle est entrée tel un ange. Les vers et les verres se sont alors emmêlés.

Comment la séduire ?
D'abord un regard échangé,
Des mots, puis des rires.
L'effleurer mais pas la toucher.

Vêtue de sa tenue de soirée,
Dans ce café où règnent l'alcool et la fumée.
Au travers du miroir obscur,
Je pourrais croire à une peinture.

Sans réfléchir j'ose me tourner.
Faites qu'elle ne me voie pas !
Dieu ! Laissez-moi le temps de l'observer, de l'épier…
Je vous prie pour qu'elle n'ose faire un pas !

Mais tout s'est figé à son entrée.
Seul le pianiste hante mes pensées.
Je me dis que cette chanson pourrait être la nôtre,
Ou celle-là, ou une autre…

Les heures défilent le courage ne me vient pas.
Si c'était l'unique fois ? Si le temps s'arrêtait là…
La vie serait facile et docile
J'y vais, si la pièce tombe sur pile…

PILE !
Pile le bon moment
Pile l'endroit voulu
Pile la musique du pianiste
Pile et face à face
Pile l'heure où…

Le piano-bar ferme ses portes.
Je suis resté deux heures debout sur le passage,
Debout à attendre que les gens sortent.
Je n'avais pas anticipé ce péage.

Un dernier verre de courage.
Je la saisis du bras comme un outrage.
Elle, moi dans une clairière,
Que dire ? Que faire ? J'ai franchi la barrière.

Il me manque les étapes initiales :
« D'abord un regard, des mots puis des rires
L'effleurer mais pas la toucher ».

Juste le temps d'un mot,
Elle me regarde et me sourit,
Ma main sur sa peau…
Elle me sourit !

Perdu dans mon inconscience,
Je n'avais pas vu qu'elle aussi
M'attendait avec impatience,
Jusqu'à la pointe de minuit.

Puis je vous accompagner
A l'endroit de votre souhait ?
Sans vouloir vous offenser,
Laissez-moi vous guider.

Son sourire s'est figé,
Comme le miroir me l'avait reflété.
J'entends sa voix me dire oui,
Malgré la musique et le bruit.

Je fixe alors les aiguilles du cadran,
Et promets de ne plus jamais les regarder,
Si comme dans ma vie d'avant,
Elles ne me laissent pas le temps de rêver…

Pourquoi était-elle seule aussi joliment vêtue ? Pouvais-je aborder le sujet ?

—   Je m'appelle Clément et vous ?

—   Amandine, me répondit-elle, d'une voix frêle et timide.

—   Permettez-moi de m'excuser pour mon approche, mais vous m'avez troublé dès votre entrée. Je vous ai trouvée magnifique et le temps est passé trop vite, alors pris de panique, je vous ai sauté au bras avant qu'un autre ne me prenne le pas.

En une fraction de seconde, elle se retrousse dans son col bien trop court pour cacher ses émotions.

Ne lui dis pas tout, tu pourrais l'effrayer ! Attends de voir sa réaction après ta première déclaration (ma conscience… elle ne me quitte pas…).

Mais très vite ses fossettes sont réapparues, celles qui m'ont fait craquer lors des discussions qu'elle avait eues avec Jules, le garçon de café.

— Désolé, je vous ai peut-être déstabilisée, ce n'était pas mon but.

Elle sort de sa cachette d'enfant et me fixe de son regard troublant…

— Non, ce n'est rien. Pour vous parler franchement j'attendais ce moment depuis…

Puis, elle s'est arrêtée, comme si elle aussi en avait trop dit, comme si elle remettait tout en réflexion à ce moment précis.

Que voulait-t-elle dire « depuis… » ? Elle a repris la conversation en laissant la fin de sa phrase dans une éternité.

— Vous ne jouez plus du piano ?

Comment savait-elle ? Me connaissait-elle déjà ? Les questions se chevauchaient, les réponses ne venaient pas, qui était-elle ?

« *Deux minutes vingt-sept* »

— Comment vous savez que je joue du piano ? lui dis-je en bégayant.

— Je viens ici tous les Mardis soir depuis un an. Je viens vous écouter, mais ce soir quelqu'un vous remplaçait.

Alors la fille là, devant moi, celle qui m'a fait vibrer le temps d'une rencontre dans un miroir, celle que je n'osais pas aborder pendant plus de deux heures est venue ce soir comme tous les Mardis soir, me voir moi, rien que moi. Comment y croire ? Pendant un an elle était assise au bord de mes rêves, et je n'ai pas su la voir !

Mes lèvres se sont figées, pas un mot, un bruit, un son... C'était à mon tour de me sentir mal à l'aise et de m'enfouir dans mon col de chemise pour cacher ma gêne. Ma conscience refait surface ; *« parle ! Dis-lui quelque chose ! Souviens-toi, pile le moment, pile l'endroit... saisis l'instant présent et fonce ! »*

A sa question, j'ai compris qu'elle ne devait pas être là le soir de ma débâcle.

— Et comment ai-je pu ne pas vous voir ?

— Je suis venue pour la première fois avec mon compagnon. Nous étions sortis un Mardi soir pour boire un verre et écouter de la musique, nous voulions rompre le quotidien. Vos premières notes m'ont paru arrêter le temps, plus vous avanciez dans votre répertoire et moins je restais à table avec lui. A cet instant, mon ami n'avait encore rien vu de tout ça. Je vous regardais, vous et votre clavier qui ne faisait qu'un. Au fur et à mesure de nos venues, notre amour qui n'en était plus un s'envolait avec vos notes.

Plus le débit de ses paroles coulait dans mes veines, plus mon cœur s'affolait. Je suis tellement apaisé dans le monde que je me crée grâce à la musique que j'oublie le monde réel. Mais de savoir qu'une personne vienne m'écouter spécialement une fois par semaine m'a touché. De plus Amandine, comment aurais-je pu l'imaginer ?

Nous étions là chaque mardi pendant presque deux mois, jusqu'au jour où mon ami eut bien compris que je ne venais pas ici retisser les liens de notre union, mais bien les laisser libres comme le vent. Il m'a vue rêver à un autre que lui, ses monologues le temps de vos chansons, ses questions dont je n'entendais que l'écho. Jamais je n'ai pensé qu'il était dupe, mais j'avais honte de l'avouer. Vous m'avez ouvert la porte de votre univers. Mais qui peut croire à ce monde tant qu'il ne l'a pas connu ? Qui peut entendre qu'il existe un monde parallèle à la vie tant qu'il ne l'a pas vécu ? Comment aurais-je pu lui expliquer que ce n'était pas avec lui que je rêvais sur cette table ronde embaumée de Bourbon et de fumée ?

— Amandine, le bar ferme mais puis-je vous emmener dans un autre piano-bar tenu par mon ami Manu ?
— Avec plaisir !
Je lui ouvre la porte du taxi en espérant lui en ouvrir des centaines d'autres.
— 11 rue des Luthiers, s'il vous plaît.

Je savais où je l'emmenais. C'était dans mon premier piano-bar, celui où j'ai commencé à goûter à la vie nocturne. Cette vie qui m'a valu bien de belles rencontres mais aussi des perturbantes. Chez Manu, c'était le dernier client qui décidait de la fermeture. Les soirées se finissaient souvent dans la joie et quelques chanteurs amateurs timides venaient s'accouder au piano pour chanter une chanson qui leur était chère. Je m'y sentais chez moi ; Manu, la musique, les amis, la convivialité mais aussi le choix de l'écart et de l'observation.

Comment croire en la déclaration d'Amandine ? Cela me paraissait irréel. Pourtant nous étions bien là tous les deux dans ce taxi qui nous emmenait vers un destin encore opaque. Encore quelques minutes à imaginer une aventure ou une histoire quand le chauffeur du taxi nous a précisé le montant du trajet. Nous voilà devant le « Piano-bar » un nom équivoque mais qui attirait la curiosité des passants.

Il était déjà une heure du matin. Je lui ai expliqué la différence entre les deux établissements de la soirée et j'ai poussé la porte. La fumée de cigarette me prit à la gorge. Rien ne pouvait m'empêcher de retrouver ces sensations, ces parfums de Bourbon et de bière, la voix rauque de Manu, le regard de Clarice la serveuse. Les clients étaient encore là mais les consommateurs de rêves alcoolisés avaient déjà bien entamé leur état second.

Le comptoir était en continuité de l'entrée, sur la gauche, des fauteuils et canapés bleu-nuit entouraient les tables basses en verre. En face, le piano et au fond, à l'écart de la foule, ma table favorite. De là je pouvais observer les clients, le pianiste, les plus fidèles du comptoir. Leurs vies m'appartenaient le temps de quelques heures.

Je me suis approché du zinc collant et j'ai fait signe à Clarice que je m'installais à ma table habituelle, en lui montrant que je n'étais pas seul. Elle interpella Manu pris dans une discussion et lui fit remarquer ma présence.

Manu s'approcha de moi et je sentis dans son accolade toute l'émotion de me voir enfin accompagné. Puis il se retourna vers Amandine.

— Manu, je te présente Amandine.

— Enchanté Amandine, je vous accompagne jusqu'à la table préférée de Clément. Vous y serez confortablement installés.

— Merci Manu, enchantée.

Dans ces premiers regards échangés entre Amandine et Manu, j'ai senti l'approbation qu'un père donnerait à son fils...

— Amandine ? Que souhaitez-vous boire ? Clarice fait le meilleur Mojito de la ville.

— Alors deux Mojitos s'il vous plaît Manu.

Le son du piano couvrait le bruit de fond de la salle. Les premières notes avaient éveillé tous les points sensibles de mon corps. « La Javanaise » ! C'est bien plus tard que nous avons compris la perversité de cette chanson, qui comme un accord muet était devenu NOTRE chanson. Mais dans cet instant d'insouciance et de légèreté, mon regard est resté figé dans le sien. J'ai repensé au miroir qui avait reflété son image, si cet homme ne m'avait pas bousculé pour prendre place au comptoir. Comme disait mon frère *« rien n'est hasard, tout est bizarre »*.

À quoi pouvait-elle penser pendant ces deux minutes vingt-sept de chanson ? Deux minutes vingt-sept qui, plus tard, résumeront notre rencontre. Deux minutes vingt-sept de projets, de fleurs bleues, d'envie, de désirs, de sensations plus ou moins étranges. Deux minutes vingt-sept et une vie de regrets. À ce moment-là mon fils, j'étais loin de tout ça, loin de la réalité. Celle-là même qui vous ramène encore et encore à la vie. J'ai eu l'impression à cet instant que le temps que j'avais pris pour cible de mes rancœurs m'avait écouté et laissé une fois dans mon existence, la sensation d'éternité. Cette sensation qui vous transporte dans ce monde parallèle et vous fait oublier la rancune, le remords et le regret.

Comment te représenter ma pensée, avec des mots, sans dessins, sans images ? Peut-être ai-je trop regardé Alice au pays des merveilles étant jeune ? A croire que Lewis Caroll avait les mêmes pensées que moi. Sauf que dans mon monde je n'y retrouve pas de personnages fantastiques, rien de tout cela, seule une réalité que les hommes et les âmes ne voient pas, ou ne veulent pas voir. Dans ce monde, il n'existe pas de droit d'entrée, de passeport, de carte de séjour limitée, même si la limite reste déterminante. Seul toi décide d'y rentrer et d'en sortir comme bon te semble. Cela a l'air facile comme ça, mais imagine un peu…
En début de soirée, Amandine avait dit, *« Qui peut croire, à ce monde tant qu'il ne l'a pas connu ? Qui peut entendre qu'il existe un monde parallèle à la vie tant qu'il ne l'a pas vécue ? »*. Elle avait raison.

« *A quatre-vingts ans devant le miroir, je fais le bilan* »

A la fin de la Javanaise, c'était la pause du pianiste. Il fallait donc que je trouve un sujet de conversation intéressant, enrichissant, ne pas paraître futile non plus… Compliqué quand tu es timide mais c'est elle qui enchaîna :

— Alors M. Clément… vous n'avez toujours pas répondu à ma première question ?

Comment lui faire comprendre poliment que j'avais oublié ? Devant mon air embarrassé, elle me dit *:*

— Je vous ai demandé si vous jouez toujours du piano et surtout, pourquoi pas ce soir ?

— C'est assez long à expliquer, lui dis-je en espérant qu'elle veuille bien changer de sujet.

Elle a esquissé ce sourire que je commençais à connaître…

— Il me semble que vous m'avez dit que ce piano-bar avait la particularité de fermer à son dernier client. Nous avons tout notre temps.

J'ai compris aussi à ce moment-là que j'aurais du mal à mener la barque avec Amandine ; sans être oppressante, elle était plutôt directive.

Alors j'ai expliqué la raison de mon arrêt sans mentionner que c'était le verre de trop qui m'avait fait glisser sur la ligne des deux mondes…

Elle fut apparemment touchée et ne me jugea pas, bien au contraire. Elle me dit même qu'elle risquait de regretter longtemps d'avoir manqué ce moment, mais qu'elle espérait bien m'entendre un jour chanter et pourquoi-pas m'accompagner…

Alors en plus de ça elle chante ?

— Vous jouez d'un instrument ? Vous chantez ?

— J'ai pratiqué le piano y a très longtemps, j'aimerais bien apprendre la guitare, mais je chante plus que je ne pratique d'instrument.

Je n'osais pas lui dire à ce moment-là, que j'avais décidé de ne plus toucher à un clavier de ma vie, après la honte de la semaine précédente. Et pourtant si je voulais la conquérir, cela serait la meilleure chose à faire. J'ai cherché dans ma petite tête remplie d'inquiétude, un sujet de conversation autre que la musique pour éluder le sujet. De quoi lui parler ? Tout me semblait banal à côté de notre rencontre, le seul lien qui nous unissait jusqu'à présent était des gammes de piano.

— Et sinon… Que faites-vous dans la vie ?

Certes, c'est une question plus banale que la banalité elle-même, mais il ne pouvait pas y avoir non plus cinq minutes de silence. Je n'allais pas la laisser maître de la conversation toute la soirée, il fallait que je prenne les choses en main, surtout si je voulais en contrôler le sujet.

— Je suis directrice de l'Orphelinat Sainte Elisa.

C'est au travers de son travail et des nombreuses anecdotes qu'elle me raconta que j'ai appris beaucoup sur elle. Sa fragilité, son aplomb, sa franchise, son retrait sur les choses et le besoin de s'évader. Son engagement auprès des enfants et des familles qu'elle recevait. Elle était vouée à ce métier, son regard ne trompait pas.

Tu sais Serge, il existe des âmes qui consacrent leur vie à celles des autres et apparemment cela les rend heureuses. Je pense malgré tout qu'il y a toujours une part d'égoïsme dans chaque personne. Je n'arrive pas à imaginer qu'un être vivant ne pense pas à lui dans une période de sa vie, et ne se dira pas une fois *« A quatre-vingts ans devant le miroir, je fais le bilan... »*.
Pour ma part, c'est une question que je me suis posée toute ma vie. Je n'ai pas vécu la peur au ventre, mais avoir le moins de regret possible est mon essence. Cette question d'état des lieux restera peut-être éternellement sans réponse parce que j'aurai peur de me dire que c'est la fin du récit. Jusqu'à ce jour, elle m'a tout de même valu de

grandes perturbations, des remises en questions, des challenges et des défis quotidiens. Des moments calmes également, où tu laisses quand même filer le temps comme bon te semble. Ces moment-là étaient tout aussi appréciables, mais plus ils duraient plus le défi suivant était de taille. Ce soir-là je sentais justement que si je n'agissais pas, si je ne me livrais pas, Amandine ne serait qu'un souvenir d'une agréable soirée et un regret supplémentaire sur la liste du bilan final…

Elle allait continuer à se livrer un peu plus sur son travail et son quotidien, quand elle a préféré y mettre un terme.

Bien joué Clément, tu as encore choisi le sujet perdant…

Elle reprit le fil de la conversation et surtout le gouvernail qu'elle m'avait aimablement laissé quelques secondes.

— Pourquoi ne pas demander à Manu de nous prêter le piano quelques minutes pendant la pause du pianiste, pour faire une petite prestation ensemble ? Vous êtes ici comme chez vous, il ne va pas vous le refuser !

— Oui… Pourquoi pas ?... Ah, mince, le pianiste reprend, peut-être à la fin Amandine ?

« *Elle était assise sur chaque fin de couplet* »

Nous avons trouvé quelques sujets de discussion divers, de sorte à éloigner le moment qui nous rapproche petit à petit d'un adieu, ou d'un futur rendez-vous. Ce moment où nos pas prendront la direction de chez elle, chez moi ou du chacun chez soi…

A quatre heures du matin, Manu ferma l'établissement, mais avant d'inviter les clients à terminer leur verre, il est passé à notre table pour nous dire :
— Ne vous inquiétez pas, je vais annoncer la fermeture, mais je vais garder les habitués pour se rappeler le bon vieux temps autour du piano.

C'était la première fois que j'ai vu les deux commissures d'Amandine s'agiter en même temps comme une enfant. Jusqu'à présent cela n'avait été que des promesses de sourire intégral. Manu venait de programmer une situation que j'avais évitée de main de maître toute la soirée. Je crois que j'ai connu à ce moment-là le sentiment de pouvoir adorer quelqu'un et, dans la seconde qui suit, le haïr. Mais devant le sourire magistral et troublant de ma compagne de table, je ne pouvais résister.

Une fois les clients partis, il restait Manu, Clarice, les trois habitués qu'on avait surnommés « La bande à Péro », le pianiste et nous deux. Gilbert, le pianiste, commença par « La ballade des gens heureux »[2] et nous l'avons accompagné timidement en chantant. Après deux autres chansons, le regard insistant d'Amandine me faisait bien comprendre qu'il fallait que je m'asseye sur le banc, au « bord » du clavier. « Au bord », au bord du précipice, au bord du gouffre, tout ce qu'il y a de plus profond.

Moi le professionnel, j'avais l'impression de passer une audition, devant un jury qui allait décider de la suite de ma vie.

Les battements de mon cœur étaient si forts qu'on aurait pu croire à une partition entre « les tambours du Bronx » et un orchestre symphonique. Je ne pouvais plus reculer, Manu a fait signe à Gilbert de me laisser la place un instant, le siège et Amandine n'attendaient plus que moi. J'aurais pu faire demi-tour et prendre la première sortie de secours, mais j'aurais perdu tout espoir de connaître la femme qui m'avait renversé le cœur au début de la soirée.

---

[2] *La ballade des gens heureux.* 1975 Auteur-compositeur-interprète Gérard Lenorman

Cela faisait un an que je jouais devant ses yeux sans le savoir, et là, ce soir, je devais m'exécuter pour elle…

Mes jambes et mes mains en ont eu assez de ma conscience et prirent le chemin du clavier sans l'accord de mon cerveau. Comme la semaine passée, mes doigts étaient incontrôlables. J'ai fermé les yeux, et j'ai retrouvé Amandine, seule dans mon monde. Le comportement que j'avais banni de ma vie quatre jours auparavant a refait surface à ce moment.

Prendre une grande inspiration,
Puis une énorme expiration
Pousser la porte de mon monde parallèle
Et lancer mes maux au monde réel

Fais ton choix

Tu veux entrer dans la moyenne
Au milieu de ses courbes où tu vis sans critique
Où tu ne prends aucun risque
Mais cette vie est-ce la tienne ?

Assieds-toi et réfléchis
Prends confiance en toi
Dis-toi que tu n'as qu'une vie
Tu n'as qu'une vie !
Pourquoi te retourner dans ta tombe
Te dire que tu n'es plus de ce monde

Tu veux des enfants fais-en
Tu veux l'épouser fais-le
Tu veux vivre seul ?
Demande pas à Dieu

La religion c'est quoi ?
Tu dis merci à Dieu
Quand t'es enfin heureux
Et quand t'es malheureux
Tu dis quoi ?

Tu peux tirer un trait et recommencer
Vivre ta vie sans te tromper
Alors mon vieux que fait-on maintenant ?
Ta vie t'attend...

Alors oui aujourd'hui
Prend le droit
De faire ton choix

Mes paupières restaient collées comme à l'époque de mon enfance où je faisais des conjonctivites à répétition, peut-être déjà un moyen inconscient de ne pas faire face au monde réel. Je ne voulais pas les ouvrir parce qu'au travers de cette chanson, il me semblait avoir aperçu Amandine. Elle était assise sur chaque fin de couplet, au bord du refrain, elle attendait la suite des événements, patiente comme elle avait été pendant un an, je la voyais là, sur son banc tout en apesanteur. Un texte que j'aurais pu écrire à la suite de la discussion qui avait conclu notre désaccord...

Devais-je enchaîner sans attendre sa réaction ? Ou arrêter sur cette chanson et laisser en suspend mes sentiments et mes humeurs passagères... La dernière note finit son souffle, des applaudissements me sortent de mon rêve. J'ai ouvert les yeux et j'ai vu Manu, le pianiste et « La bande à Péro » m'applaudir. Je me suis tourné vers Amandine, ses longs cils humides m'ont renvoyé aux sentiments de mon premier regard sur elle. Son visage reflétait la compassion, la joie, la tristesse, l'admiration, la colère... Un mélange flou d'émotions que je n'arrivais pas à analyser. Mais ses doux applaudissements m'ont fait comprendre que je pouvais continuer...

« *Cette envie de gommer*
le premier brouillon et d'écrire
un chef-d'œuvre »

Le passage des cantonniers de la ville nous fait comprendre qu'il était temps de mettre un terme à la nuit. Nous sommes sortis du « piano-bar », il commençait à faire jour. Pour te préparer à Décembre, rien de tel que les prémices matinales de Novembre. J'ai posé ma veste sur les épaules d'Amandine et nous avons pris le pas des cantonniers qui nous ont menés jusqu'à la place du marché.

Les pavés s'y couvrent d'étalages de légumes présentés avec le plus grand soin par les commerçants. L'allée centrale est réservée aux exploitants agricoles. A cette heure matinale, les odeurs de légumes et fruits frais vous transportent loin dans leurs campagnes. On y trouve un sentiment de voyage, de liberté.

J'avais pris pour habitude le mercredi matin après les nuits éternelles chez Manu, de prendre quelques légumes, un peu de fromage et de la viande pour le midi. Quand le boucher me voyait arriver il me préparait déjà mon entrecôte dans un papier. Il me disait toujours :

— Salut Clément ! Comment ça va ce matin ? La nuit a encore duré plus longtemps que prévu ? Voilà ton entrecôte.

Cela faisait déjà trois ans que je n'étais pas passé à cet endroit, et ce matin, de le faire découvrir à Amandine me donnait une sensation bizarre. J'étais perdu dans mes souvenirs de promenades, seul dans ce marché désert à la recherche de réconfort, et le sentiment accompli de partager enfin ce moment avec une fille dont je rêvais depuis mes débuts de la vie nocturne. J'ai commencé par prendre quelques légumes, fruits frais et un peu de fromage avant d'arriver à la camionnette du boucher. Pris dans le rangement de son étalage il ne m'a pas vu arriver.

— Bonjour Clément ? Comment vas-tu depuis le temps ? Alors aujourd'hui ça sera deux entrecôtes ?

Et comme à son habitude depuis hier soir, Amandine répondit par elle-même

— Non merci monsieur, des légumes et un peu de fromage cela m'ira.

Je ne lui avais pas proposé de rester manger avec moi ce midi, par peur d'un refus, mais sa réponse balaya mes doutes…

Alors, j'ai juste pris quelques œufs de la ferme qu'une dame âgée vendait juste à côté de lui.

Je n'ai pas osé lui proposer à cet instant de venir jusqu'à chez moi. Juste à côté de là, le café du centre venait d'ouvrir et nous nous sommes installés pour le petit déjeuner, afin de reporter la question à plus tard…

Nous étions les premiers, les commerçants n'allaient pas tarder à arriver pour prendre leur casse-croûte avant la première clientèle fidèle. Nous avons commandé deux grands cafés croissants et deux jus d'oranges pressées.

C'est là que j'ai pris mon premier déjeuner avec Amandine et que nous avons pris l'habitude en suivant d'y revenir certains mercredis matin mais sans la soirée chez Manu. Au fur et à mesure qu'on y venait, les croissants et le jus d'oranges avaient un goût d'inexistence et d'inachevé, comme notre couple…

Pendant quelques heures nous avons parlementé et mis sur table nos façons de concevoir la vie. La manière dont se comportaient les gens sans rêves et par définition les personnes que l'on appelle « les terre à terre ». Nous avons compris que nous avions la même philosophie et conception de la vie. T'aventurer dans un monde parallèle, sans bonne ou mauvaise expérience de la vie réelle, est dangereux. Il faut trouver les limites pour ne pas tomber définitivement dans l'un ou l'autre, au risque de ne jamais se relever. Mon expérience de vie nocturne et de pianiste m'avait au moins apporté cette expérience-là. Je me pensais à l'abri des chutes peu probables, et des allées et venues sur la frontière des mondes, mais ça, c'est ce que je pensais…

L'église du quartier sonna déjà les douze coups de midi. Je pris confiance et proposai à Amandine de venir prendre le repas dans mon appartement. Nous n'avions pas dormi de la nuit. La peur de se réveiller en laissant s'évanouir à jamais ce rêve dans notre sommeil l'emportait.
Nous avons tous connu ces sentiments d'une rencontre que tu crois éternelle, cette rencontre pour laquelle tu envisages un monde où rien ne pourra te faire changer d'avis sur ta promesse. Cette boule au ventre que tu éprouves lors des premiers adieux et des premières retrouvailles. Je ne dis pas qu'ils s'effacent à jamais avec le temps et les intempéries de la vie de couple, mais ils sont malheureusement moins présents. Bizarrement, on les retrouve surtout après de vagues querelles ou de banales disputes. Cette envie de reconquérir sa partenaire, de gommer le premier brouillon et d'écrire un chef-d'œuvre, jusqu'à que tu t'aperçoives que ta vie est un éternel brouillon. Dans ce récit de l'être, il y a des passages que tu écris avec un crayon à papier et d'autres avec de l'encre que tu ne pourras jamais effacer. Ces écrits t'aident à avancer, c'est « l'expérience de la vie ».

« ...Is there life on Mars... »[3]

Nous avons marché vers mon appartement. J'avais pris soin de ne pas déménager loin de chez Manu, afin de ne pas me sentir éloigné des personnes proches. J'avais quinze minutes pour me remémorer l'état de mon appartement avant de partir au piano-bar la veille au soir. Est-ce que je n'ai pas laissé traîner des choses qui pourraient lui laisser croire que je suis un homme désordonné ? Mais le contraire pourrait être mal perçu aussi... Quand tu arrives dans un appartement d'un célibataire rangé comme les mots d'un livre et que tu ne vois au travers de ça qu'un vieux garçon habitué à son propre rangement et à son organisation toute écrite, cela peut faire peur...

— Je te trouve bizarre tout d'un coup Clément ? Tu es gêné de m'inviter chez toi ? Y a un problème dont tu ne m'as pas parlé ?

---

[3] **Life on mars.** *1973 Auteur David Bowie. Reprise par Jasper Steverlink 2003*

Après notre longue conversation nous avions trouvé plus normal de se tutoyer enfin.

— Non Amandine tout va très bien. J'espère juste que tu apprécieras le repas.

— A l'heure qu'il est Clément, n'aie crainte de ça.

Même en traînant les pieds au maximum je n'ai gagné que cinq minutes sur le trajet qui nous mène du café du centre au domicile de notre histoire. Devant la porte de la résidence, mon moteur s'est mis à battre par intermittence, mon sang se perdait en chemin entre mon cœur et mes artères...

Nous voilà devant le portail d'entrée. C'était une résidence récente de deux ans, j'avais été le troisième locataire à investir les lieux avec mon histoire et mes meubles. Les deux premiers étaient des anciens du quartier qui avaient été relogés de leur ancien logement.

Résidence des années 2000, toutes au maximum trois étages avec des parcs fleuris, bien fermés à l'abri des regards et des mains curieuses. C'était une résidence propre et calme, certes fade au goût des anciens du quartier à qui on avait enlevé les vieilles pierres et les traces qui pouvaient rester d'anciennes épiceries ou merceries. Fade mais paisible.

Je me souviendrai toute ma vie du sentiment présent au moment d'ouvrir la porte de mon appartement. La première rencontre, la boule au ventre, l'impression d'imploser par l'envie de la serrer dans tes bras mais les grilles des bonnes manières t'en empêchent.

Voilà nous y sommes. Il est midi trente et la soirée continuait.

— Entre Amandine, je t'en prie.

J'aurais voulu avoir des yeux dans le dos pour observer sa réaction en voyant mon lieu de vie ! Mon intimité, mon caractère, ma façon d'être, mes qualités, mes défauts toutes les choses que tu peux apercevoir dans la décoration et l'emménagement d'un appartement. Je crois avoir tout jeté sur la table de la cuisine, pour revenir au plus vite au salon.

— Cette pièce me sert de salon et de coin repas quand je reçois du monde. J'aime bien m'installer sur cette table, à côté du piano, avec mon ordinateur pour écrire, j'ai une vue sur le parc qui me donne une certaine inspiration.

— Ton appartement est très agréable, Clément.

— Je te remercie, je m'y sens bien. Depuis que j'ai emménagé, à aucun moment je me suis posé la question de changer d'endroit. Si tu veux tu peux t'installer sur le canapé pendant que je prépare le déjeuner. Je vais mettre un peu de musique.

— Oui merci Clément, je t'avoue que je suis quand même un peu fatiguée. Je n'ai pas du tout l'habitude de faire des nuits blanches, mais ça reste agréable quand c'est exceptionnel.

Choisir tout d'abord des chansons assez relaxantes, pas agressives à l'heure qu'il est, surtout que la fatigue commençait à nous pousser tous les deux dans nos derniers retranchements. Alors j'ai mis la compilation que j'écoute encore quand j'ai envie de me relaxer sur mon canapé. Ces chansons que j'avais écoutées jusque-là seul, n'ont plus du tout la même saveur. J'ai l'impression que chaque note, chaque parole, chaque son de piano ou de guitare sont différents et vont rester gravés à jamais.

J'ai fonctionné toute ma vie avec comme point de repère des chansons. Elles décrivent mes sentiments du moment, une rencontre, un mariage, une séparation, une naissance, un enterrement. Je pourrais écrire un livre avec une chanson différente comme titre de chapitre.

La compilation commence doucement par quelques reprises pop rock de La Scala de Londres, puis c'est le moment de « life of mars » de Jasper Steverlinck, une reprise au piano et chant d'une chanson de David Bowie. Cette chanson est enivrante, tu es obligé de te taire, d'apprécier, les pensées dans un vide immense. Je me suis retrouvé des centaines de fois allongé sur le canapé avec cette musique rêvant qu'elle était là, encore près de moi, juste tous les deux allongés avec pour seul contact, nos mains l'une dans l'autre...

Au moment de la chanson où habituellement mon esprit lâchait prise, je suis rentré dans le salon calmement avec nos deux assiettes préparées avec soin. Le canapé tournait le dos à la cuisine, je ne voyais pas sa tête dépasser. Je me suis approché.

Elle était là, sur le canapé, allongée, étendue de toute sa beauté. Les yeux fermés et son sourire figé me laissent croire à un rêve éveillé. A cet instant mon seul souhait est de la rejoindre, mais l'envie de la regarder dormir est plus forte. Je m'assois alors sur le fauteuil près d'elle. Je la fixe, ma main se voit lui caresser le visage avec douceur, mon cœur a enfin ralenti pour se laisser aller au rythme du sien et de la musique. Puis le sommeil a commencé à m'emporter, j'ai lutté et lutté encore, la chanson dure quatre minutes mais je ne crois pas avoir entendu la fin…

*« La prendre dans mes bras et
qu'elle accepte enfin mes lèvres »*

Je me suis réveillé une heure plus tard, c'était quatorze heures trente. Pendant que mes yeux s'ouvraient, mon cerveau s'est posé une bonne trentaine de questions. Mais avant que je n'aie le temps d'y répondre, mon regard se porta sur le canapé. Amandine était toujours là. Dans cette position que je verrai des dizaines de fois. Allongée sur le côté, les jambes recroquevillées, les bras bien serrés contre son corps à la recherche de réconfort. La musique avait cessé depuis longtemps et nous étions tous les deux dans mon salon, endormis pleins de confiance, sans peur que cette journée ne s'efface dans nos rêves.

Je n'osais la réveiller, j'ai entrouvert le store de la baie vitrée pour laisser entrer un peu de soleil et de chaleur sur ses jambes. Le bruit l'a sortie de son sommeil. Surprise qu'elle était de s'être endormie chez une personne qu'elle connaissait à peine, elle sursauta et se redressa en un centième de seconde.

— Rassure toi Amandine, nous nous sommes endormis tous les deux, n'aie crainte.

— Désolée Clément, je n'ai rien vu venir. Je me souviens juste avoir écouté une chanson et m'être allongée, je crois qu'elle m'a transportée jusque dans mon sommeil…

— C'était « Life on Mars », ça m'arrive souvent de m'endormir sur cette chanson.

Elle retrouva enfin son sourire, d'abord le côté droit de ses lèvres puis le sourire intégral.

— J'avoue qu'elle me plaît beaucoup.

Ce fut pour moi un compliment et une révélation tant cette chanson me tenait à cœur et tellement de fois j'avais rêvé de m'assoupir dans les bras de ma douce en écoutant le rythme du piano et cette voix unique. Il ne fallait vraiment pas que je perde le fil de ces 24h et que je la garde auprès de moi le plus longtemps possible jusqu'à ce que la vie nous rappelle à la raison.

La « Raison », voilà un mot que la langue française aurait pu nous épargner. Avoir raison, revenir à la raison… ce mot était utilisé à sa naissance seulement pour les mathématiques, pour prouver que A=A par exemple. Ce mot a enlevé toute notion irrationnelle dans nos façons de penser ou de dialoguer. Lorsqu'il est employé par une personne, le sujet est clos et fait disparaître tout débat. Le fait de revenir à la raison, c'est l'état que les hommes aiment appeler « normal » ou être dans la « normalité ». Encore d'autres mots qui méritent débat et qui ont fait cesser de rêver des millions d'êtres humains. Peur d'avoir le sentiment de ne pas être reconnu par les autres, d'être de l'autre côté, de l'autre côté du monde, dans un monde à part, pas dans un monde réel qui n'a qu'une seule facette : la normalité…

Voilà sur quel état d'esprit je vivais au moment de la rencontre avec Amandine. J'avoue avoir gardé au fil des années quelques bases, quelques racines, quelques gênes de rêves et de lucidités.

— Voudras-tu grignoter quelque chose Amandine ?

— Je veux bien de ton omelette avec un peu de salade si tu as ?

— Oui bien sûr ! Excellente idée.

Nous avons mangé sans bruit, sans discussion, nous échangions de simples regards. Pas une atmosphère lourde où il te tarde que les minutes s'achèvent, non, le contraire justement. Cette sensation de sérénité, de bien être, où les mots paraissent futiles et ne semblent pas avoir de sens.

Ces instants incomparables tant ils sont différents les uns des autres. Ton imagination n'est que positive. Un positif rangé soigneusement au fond de ta mémoire comme de vieilles affaires auxquelles tu tiens énormément. Ta tête n'a jamais été autant en phase avec ton cœur que dans ce moment-là. Tes mains se surprennent à rêver au seul centimètre carré de peau qu'elle t'accorde.

Ces moments sont chaque fois uniques. La réalité ne survient seulement quand tu n'as plus ses yeux où te réfugier. A l'instant où tu recherches ce regard que tu aimais tant, ce regard si vide et si plein à la fois que tu ne trouves plus.

— Amandine, veux-tu aller te promener dans le parc ? Il fait frais mais cela sera agréable.
— Avec plaisir Clément, si tu as un bon manteau à me prêter.

La nuit de novembre arrive de bonne heure et je me suis dit qu'après une petite ballade elle accepterait bien un café, pour se réchauffer. C'est un parc de ces années-là, à la fois moderne et beau, mais sans vie, sans historique, un parc élevé sous serre. Le choix des couleurs prédéfini par le ton des murs de la résidence, les plantes exotiques qui n'ont rien à faire dans notre région mais qui peuvent appeler aux rêves de vacances.
La plus belle fleur de cet endroit se déplaçait tout à côté de moi. Il avait neigé deux ou trois jours plus tôt et le gel avait figé le reste du décor. Nos pas se sont retrouvés presque entremêlés, mon bras s'est donné la permission de lui entourer le cou dans un geste spontané. J'étais ailleurs, mon esprit ne commandait plus rien, mes jambes marchaient sur de la mousse, mon cœur a traversé mes entrailles comme il le fit la veille au soir à travers le miroir. Amandine est restée muette et s'est laissée prendre dans mon filet avec réconfort et sans crainte. Le

froid de novembre nous a ramené à la réalité et face à la question redoutée des adieux ou au revoir.

Nous voilà devant la porte de mon appartement et tout en me rendant mon manteau, Amandine me regarde et me dis :

— Merci Clément pour cette fabuleuse soirée et cette agréable journée, mais il va falloir que je rentre chez moi maintenant.

Tous les sens de mon corps se sont inversés et ne fonctionnaient plus. Mes jambes ne frôlaient même pas le sol. J'ai fermé les yeux, puis mes lèvres lui ont coupé la parole. Le premier baiser, l'important, l'inoubliable. Celui que j'avais rêvé tendre, long, désireux et désirant, ne fut qu'un baiser volé. Amandine ne refusa pas mes lèvres, j'ai même cru voir une esquisse de sourire après avoir ouvert les yeux.

– Clément ce n'est pas possible. J'ai été tellement déçue par d'autres aventures que j'ai du mal à faire confiance aux hommes.

J'ai pourtant réussi à la convaincre de franchir le seuil de la porte pour une seconde fois, dans l'espoir de poursuivre la conversation. Chaque fois que nous le franchissions ensemble, se dégageait un brin de mélancolie. On savait mutuellement que ce passage du palier à l'appartement était plus qu'une frontière entre deux pays, deux mondes, un pas vers notre histoire longue ou courte seulement notre histoire. Nous nous sommes assis sur le canapé pour boire un bon café. Il me tardait simplement qu'elle finisse sa tasse, pour la prendre dans mes bras et qu'elle accepte enfin mes lèvres...

« Et moi je suis tombé
en esclavage, de ce sourire,
de ce visage »4

Voilà Serge, notre histoire a débuté ainsi et a
duré dix-neuf mois exactement. Avant que les
obligations de la vie à deux ne nous rejoignent…
Ses yeux sont restés à jamais gravés dans mon
cœur. Son regard des premiers jours avait tellement
de vie à raconter, tellement de désir, tellement
d'amitié et de cœur à la fois, tellement de haine sur
le passé, d'extase sur le présent, de questionnement
sur le futur, en deux mots : passionnément
troublant. Sa façon de rire, pour se sentir à l'aise
dans une situation complexe, ses initiatives de
conversations avec mes amis, son sourire que
j'avais eu tellement de mal à décrocher lors de
notre première soirée. Sa façon de chanter appuyée
sur mon piano, ses tenues de soirée, ses cheveux
relevés laissant apercevoir sa nuque, ma coiffure

---

4 « **Elle est d'ailleurs.** » 1980 paroles Jean Pierre Lang,
musique et interprète Pierre Bachelet

préférée d'ailleurs. Son premier regard du matin quand elle m'observait dormir, sa peau douce, son corps entier qui glissait dans mes bras. Nos soirées chez Manu comme au premier soir, nos balades au marché le matin de bonne heure, nos petits déjeuners au café du centre… Mais surtout ELLE, celle des premiers jours, son insouciance, le partage de notre monde parallèle, sa joie de vivre, de profiter des instants présents. Tout ce que tu peux rêver de la relation avec l'être cher. Jusqu'à ce que le temps nous rattrape et que les mots « raison » et « normal » s'invitent dans notre vocabulaire…

Nous avons vécu de magnifiques moments et je me souviens de notre premier « Cap ou pas Cap ». Après avoir vu le film « jeu d'enfant »[5] dans lequel Guillaume Canet et Marion Cotillard jouent un fabuleux rôle d'amoureux refoulés et se lancent des défis à relever obligatoirement. Nous avions adopté ce jeu afin de surprendre le quotidien qui parfois s'invitait dans notre couple.
Un soir, alors que nous sortions de chez Manu, il pleuvait mais cela nous était égal. Je nous couvrais sous mon imperméable à la façon d'une petite cabane et nous ramenais en enfance.

---

[5] **Jeu d'enfant.** *Réalisation et scénario Yann Samuel comédie romantique 2003*

Sur le pont qui nous menait à notre appartement, les gouttes engorgeaient les flaques qui à mesure se rejoignaient pour n'en former qu'une.

Amandine s'arrête, me regarde et me dit :
— Cap ou pas Cap ?
— Cap ! Explique ?
— Invite- moi à danser, là maintenant.
— Quel style ?
— C'est toi le cavalier, à toi de décider.
Alors je m'éloigne d'elle de quelques mètres, fais demi-tour, me rapproche timidement de ma cavalière, lui tends la main.
— Mademoiselle, me feriez-vous l'honneur de vous joindre à moi sur cette piste de danse, afin de rendre hommage à cette belle valse ?
— Voilà un homme à la fois courtois et charmant, ce sera avec plaisir cher ami.

Nous voilà main dans la main, corps contre corps, sous le rythme des gouttes de pluies, le sourire aux lèvres, nous tournons à nous en rendre étourdis. Amandine rit comme une enfant et moi je suis heureux, tout simplement heureux. Une voiture s'approche, nous éclaire mais nous continuons. Les minutes se figent.
— Continuons Amandine !
Nous sommes fous et ça nous plaît. Nous regardons le chauffeur en souriant, il est notre public, le témoin de notre insouciance, de notre amour. Nous sommes fiers, nous voulons qu'il soit

jaloux de notre folie. Sa patience a duré quelques secondes, de très longues secondes. Il nous a fait signe de la main de dégager la piste de danse. Alors nous nous avançons vers lui et nous le saluons comme sur une scène de théâtre.

Nous sommes rentrés à l'appartement en courant dans les flaques. Nous étions frigorifiés mais qu'importe, le sourire l'emportait. J'ai fermé la porte, nous nous sommes enlacés, déshabillés, embrassés et nous avons fait l'amour là, sans faire un pas de plus. Tous les deux, nus, trempés par la pluie et la sueur que la danse et la course nous avaient procurée. Nous avons fait l'amour comme deux amants, mélange de tendresse et de rage, de pudeur et de sexe.
Un moment hors du temps, un moment unique.

— Papa, je ne peux pas croire à une fin soudaine de cette histoire. Comment en êtes-vous arrivés à vous séparer ? Avec de tels sentiments, ton expression quand tu me racontes ces débuts, ton émoi pour ces souvenirs. Comment ? Et pourquoi ?
— On va dire, *« on s'est séparés d'un commun accord, mais elle était plus d'accord que moi »*[6]
— Je veux savoir les raisons de cette séparation papa, tu n'as jamais été aussi loin dans ce récit.

---

[6] ***Les voyages en train.*** 2006 musique Petit Nico, paroles et interprète Grand Corps Malade (GCM)

Mon imagination prend le relais à chaque fois et me fait mal. S'il te plaît, raconte-moi une bonne fois pour toute.

— D'accord mon fils, mais cela risque de nous prendre toute la nuit, j'espère seulement que nous ne serons pas pris de court par le stock de bois.

Au bout du deuxième mois de vie commune chez elle ou chez moi nous avons décidé d'emménager ensemble dans mon appartement. Mais je ne suis pas sûr que nous étions prêts à partager notre célibat. Toutefois les premiers mois furent vraiment magnifiques. Nous étions restés sur le même engagement de la première conversation du matin au café du centre. Un état d'esprit différent des autres couples que nous critiquions, je dirai même un « je m'en foutisme » de la normalité à toute épreuve. Nous sortions les soirs de semaine, les week-ends, et surtout nous avions décidé de ne pas vivre les contraintes d'un couple vivant ensemble. De quoi écrire un beau livre mais pas de quoi le vivre.

La vie a vite pris le pas sur le rêve... Travail, repas, soirée ou pas, télévision, dormir de bonne heure, repas à l'heure, la présentation aux beaux parents, les après-midis aux supermarchés, dans les boutiques, une vie rythmée par le quotidien, simplement celle dont on ne voulait pas. Les fameuses soirées entre couples à comparer les enfants des uns et des autres, ce qui nous rappelait que nous étions tout neufs, que nous n'avions ni dans notre passé et notre présent fait héritage de nos corps. Notre rôle, en rentrant chez nous, était de faire un état des lieux sur ces couples que nous jugions conformistes, sans savoir que nous en prenions le chemin.

Sache Serge que les histoires de couples sont toutes différentes. Elles peuvent se comparer, hormis dans les détails. Rares sont ceux, qui par des chemins de traverse différents, n'arrivent pas sur l'autoroute des couples « normaux ». Cette route guidée par un rythme effréné de comparaison, de consommation, de paraître, et quoi qu'il en soit : du temps qui passe…
Un cycle déjà rôdé par des générations entières, celles qui ont conclu qu'un couple doit avoir un ou plusieurs enfants avant trente ans, être bien sûr mariés au préalable, une maison ou un appartement à soi. Je l'appelle le « traité de la crédulité ». Ce traité signé par aucune personne morale mais seulement par des fondements religieux ou une quelconque croyance aux situations figées dans l'avenir, aux histoires de princesse, accompagnés de romans saupoudrés d'amour… Si tu ne respectes pas ces engagements, jamais choisis à ta naissance, tu es alors « l'exception ». Ce mot, à la fois constructeur de réjouissance et dévastateur de personnes non conventionnelles, donne tout son sens à la normalité. En quelque sorte, les gens normaux sont des gens qui renient l'exceptionnel mais qui lui doivent tout.

La dernière nuit d'amour que nous avons passée ensemble avait un goût d'adieu, une saveur de reconquête sans lendemain. Nous nous sommes regardés longtemps après nos ébats, longtemps dans les yeux comme les premières fois, sans bruit, sans paroles, juste un regard puis le sommeil. Cette saveur a duré deux jours. Deux jours pendant lesquels un drap blanc de cinéma nous voilait la face. Nos regards visionnaient une chose que notre cerveau reniait. La vie avait perdu sa saveur des premiers déjeuners au café du centre, des premières balades dans le parc, des soirées chez Manu, des après-midis d'amour, tout cela en l'espace de quelques mois...

C'était un mardi, un jour de la semaine qui comptait pour nous, comme tous les petits détails que nous avions accumulés jusqu'à ce jour. Des chansons, des passages d'un livre, ma maladresse dans les restaurants, sa maladresse au quotidien, des appels téléphoniques interminables, des soirées, nos choix identiques sur un menu sans nous concerter. Toutes ces choses qui te font dire aux réveils et aux couchers, que tu ne t'es pas trompé, que ça y est c'est enfin ton histoire, notre histoire.

C'est un mardi du mois de juin qu'elle a choisi pour avoir une discussion. LA discussion. Le 21 juin plus précisément, jour de la fête de la musique. Ce jour que l'on attendait pourtant pour partager notre passion.

Amandine m'a demandé solennellement de m'asseoir sur le canapé du salon. Celui où le premier jour de notre rencontre, elle s'était à la fois endormie et retrouvée dans mes bras quelques heures plus tard. Ses yeux brillants et humides laissaient entrevoir l'issu de la conversation. On aurait dit un film muet tellement je pouvais lire dans son regard.

— J'ai bien réfléchi Clément, depuis quelques semaines. La vie que tu veux ne pourra pas être possible avec moi. Je me rends compte au fil du temps que je fais partie des gens « *terre à terre* » que l'on critiquait à souhait lors de nos premières discussions. Je n'arrive pas à rester plus longtemps dans le monde parallèle que j'ai trouvé avec toi et que je trouve toujours aussi beau. Je ne suis malheureusement pas une rêveuse ou alors exceptionnellement, pour des rêves éphémères. Cette vie à part des autres me fait peur. J'ai tellement voulu et tellement essayé que je m'y suis usée et mon imagination a atteint ses limites. Je veux juste qu'on soit heureux, mais il faut se rendre à l'évidence, ensemble cela ne sera pas possible…

Je retenais mes larmes tout en acquiesçant ses affirmations qui me faisaient faire des cauchemars toutes les nuits depuis quelques temps. La réalité

que je ne voulais pas entendre, m'était affichée là
par celle que je croyais être l'amour de ma vie.
Celle avec qui j'imaginais mon futur, ma
descendance, des soirées au piano bar en couple
chanteur, me faisait descendre la tour
Montparnasse en chute libre.

… J'aurai tellement aimé vivre comme on le
souhaitait mais c'est plus fort que moi. Je sais que
nous ne pouvons pas devenir les meilleurs amis du
monde, mais je ne veux pas te perdre. Ta présence
auprès de moi est importante. Tu es ma bulle d'air,
mon oxygène à cette vie polluée. Le reste du temps
je serai en apnée. Mais dis-moi je t'en prie que l'on
ne s'oubliera pas. Cette dernière année a été un
chamboulement dans ma vie. Je vais avoir trente-
trois ans dans quelques semaines, je ne sais
comment je vais me reconstruire dernière nous,
mais je prends le risque pour que notre fin soit
exceptionnelle. Me séparer de toi maintenant alors
que je suis amoureuse. Tu es en droit de me juger
folle, mais je préfère que ce soit ainsi et
maintenant, je ne veux pas te retenir plus
longtemps. Nos vies ne sont pas faites pour se
rejoindre et s'entremêler pour n'en faire qu'une.
On pourrait croire que je fais le choix le plus
facile, c'est tout à fait l'inverse. La facilité aurait
été d'attendre, de vivre, de laisser le temps au
temps, de se dire qu'il faut faire d'énièmes
concessions et pour arriver à la situation finale, cet
instant qui hante ton quotidien, *« A quatre-vingts*

ans devant le miroir, je fais le bilan...». Cette réponse nous l'aurions au quotidien dans notre reflet matinal. Je t'en prie Clément ne reste pas sans paroles ! La seule promesse que l'on s'est faite c'est d'être franc en toute circonstance. Je l'ai été en t'ouvrant mon cœur, en te disant toutes les choses que je ne pouvais pas te dire, que je n'espérais jamais ressentir. Parle je t'en prie ! Parle !

— Ça va papa ? C'est une séparation plus qu'étrange. Vous qui vouliez vivre autrement que la normalité, la seule exception fut la fin de votre histoire...

— Malheureusement mon fils tu as raison, mais la suite fut une exception que chaque être humain voudrait éviter.

— Que lui as-tu répondu ?

— Ce fut court, mon ego que j'avais repoussé jusque-là a repris le dessus. La franchise qu'elle voulait entendre n'est pas sortie. Je l'ai laissée sans réponse, je n'ai pas pu exprimer à ce moment précis tout le contenu de mon cœur et de ma pensée. J'étais vidé, vidé de rêves, vidé de paroles, vidé de sentiments, d'existence, comment veux-tu mettre un mot sur le vide à part le silence ?

Nous nous sommes serrés dans les bras, en sanglots, pas comme un au revoir mais comme un adieu. Un adieu d'obligation, un adieu au pied d'un train. L'un de nous partait vers une destination inconnue et l'autre restait à quai dans une gare imaginaire… Simplement un vide immense.

Un seul texte, une seule chanson a résonné toute la nuit : « *Elle est d'ailleurs* ».

« Partition entre deux mondes »

Il faut que je te lise une citation qui a compté pour moi dans cette séparation. Je l'ai collée dans mon carnet que j'ai toujours près de moi ou jamais bien loin. C'est mon échappatoire, mon fardeau, ma bible personnelle. Il fait partie intégrante de ma vie. Il y mélange tout un tas d'histoires, des lettres reçues, pleines d'amour ou de déchirures. Des textes que j'ai écrits dans mes passages dans le monde parallèle ou des textes plus durs quand mon inspiration restait pied à terre dans le monde réel. J'ai pour habitude de coller ces morceaux de papier à l'intérieur bien rangés dans l'ordre d'arrivée comme une autobiographie. Je me suis dit que le jour où mon âme m'échappera et où il ne restera que de la chair en moi, tu aurais droit de savoir. Ce sera un héritage avec ses bonnes et mauvaises surprises. On pourrait décrire ce cahier comme une partition musicale décrivant mon âme.

Une partition entre deux mondes, le parallèle et le réel.

« Vous pouvez construire une maison, bien en peindre les murs et soigner la décoration intérieure. Vous pouvez en faire un symbole de réussite, ou bien un havre de bonheur.
Mais si vous n'avez pas pris soin de la bâtir sur un terrain stable d'édifier de solides fondations, aux fils des années, vous verrez des fissures. Si aucune tempête ne vient menacer votre maison, elle pourra durer des années, mais si les conditions météo vous sont défavorables, s'il y a trop de pression, elle s'effondrera, parce que ce n'est rien d'autre qu'une maison mal construite...[7] »

Les jours suivants sont passés sans nouvelles. Elle était repartie habiter quelques semaines chez ses parents le temps de trouver un logement. La cohabitation entre nous n'aurait pas été possible. Ses parents étaient des gens agréables à vivre, totalement terre à terre. Quand tu ne côtoies ce genre de personnes qu'occasionnellement cela donne l'envie de les revoir. Ils m'avaient facilement ouvert leur porte. Je me souviens encore de la première présentation. Il n'y avait rien de calculé, nous avions envisagé toute rencontre possible, et anticipé les bonnes paroles. Mais ce fut encore une fois une situation improbable.
C'était dans les premières semaines où notre couple avait encore un soupçon d'indépendance dans nos appartements respectifs. Nous étions

---

[7] **Ne le dis pas à maman.** 2011 Roman de Toni Maguire

partis chez elle récupérer quelques affaires. Au moment d'ouvrir la porte d'entrée, les bras chargés de vêtements, sur le palier, ses parents s'apprêtaient à sonner. Inutile de trouver une excuse de départ en vacances vu que nous n'avions même pas pris soin de bien ranger nos effets dans une valise. Nous avions fait demi-tour sur le pas de la porte, et partagé un café sur un monologue d'Amandine conduit par la crainte de ses parents sur le jugement de son homme.

Malgré ma bonne entente avec eux, je n'ai pas pu lui téléphoner pendant les jours qui ont suivi notre séparation. Peut-être que c'était son attente ? Peut-être aussi qu'elle faisait un sevrage de moi ? Je ne voulais pas lui mettre la pression ? Les questions que je ne me posais plus depuis un an et demi revenaient. Des questions miroirs ! Auxquelles tu n'apportes comme réponses que des questions…

Au travers des rêves et des pensées obscures, de temps en temps des souvenirs de nos beaux jours refaisaient surface. Ces jours d'étrange vide m'ont servi à analyser notre histoire et son dénouement.

J'ai étalé sur un papier les souvenirs de nos premiers jours depuis ce fameux Mardi 21 Novembre, le soir de notre rencontre…

« *Appelle-moi demain je t'en prie* »

Après notre première nuit blanche, Amandine avait préféré rentrer dormir chez elle.

— Merci pour cette douce journée Clément, je vais rentrer me coucher maintenant il est tard et je travaille demain.

— D'accord Amandine, je te souhaite une très bonne nuit. Je t'appellerai demain dans la journée, si tu veux bien sûr ?

— Comment ça si je le souhaite ? Ces dernières heures ne sont pas importantes à tes yeux ?

— Désolé Amandine, j'ai aussi été déçu par des histoires sans lendemain et je ne sais pas comment m'y prendre. Alors je reformule ma phrase. Je t'appellerai demain vers midi. Et si tu ne peux pas décrocher, j'attendrai ton appel. Envoie-moi un message pour me dire que tu es bien rentrée.

— Je préfère ! me dit-elle en esquissant son sourire d'enfant, passe une bonne nuit, à demain Clément.

Notre embrassade a duré jusqu'au palier. J'allais fermer la porte quand ma spontanéité fit faux bond à ma conscience. Je l'ai saisie par le bras comme la veille, je l'ai regardée profondément dans les yeux et lui dis :

— Amandine, sache que mon cœur ne s'arrête de battre à un rythme effréné depuis notre rencontre. Chaque instant passé avec toi me rend heureux. Tout ce que nous avons vécu ces dernières heures est ce dont j'ai rêvé au plus profond de moi dans mes soirées de solitude. Ne crois pas non plus que je te dis cela en désespoir de cause, le désespoir d'une âme perdue, mes dires font partie du monde réel dans lequel nous vivons, pas de mes fantasmes d'un monde parallèle. Je veux que tu saches que quoi qu'il se passe, le premier baiser volé de cet après-midi me restera gravé à jamais.

— Appelle-moi demain, je t'en prie.

Une toute petite phrase, une pesée des mots bien contrôlée, une petite phrase qui voulait dire autant que ma déclaration précédente. J'avais attendu certainement une réplique semblable à mon ouverture de cœur, mais cette réponse valait peut-être tous les mots du monde. J'ai admiré toute la maîtrise de son être.

Je l'ai observée descendre l'escalier jusqu'à la perdre du regard puis j'ai épié sa silhouette à travers la fenêtre jusqu'au moment où le noir de la nuit l'emporta, de la même manière que ce Mardi 21 Juin, un an et demi plus tard.

Cette nouvelle nuit, seul dans mon lit, n'avait rien à voir avec les précédentes. J'ai d'abord attendu impatiemment le message que je lui avais demandé. Ce message servait à me rassurer, mais c'était également un contact avec elle jusqu'au plus profond de mon éveil. Ce message deviendra une habitude tout au long des deux premiers mois. Les fois où nous avions décidé de nous donner un semblant de liberté. Le seul bien que nous procurait ces nuits passées seuls, était les retrouvailles du lendemain. Je me suis endormi dans un apaisement total. Tu sais quand tu prends une grande inspiration que tu rejettes avec un sourire innocent. Cet apaisement-là !

Il m'a semblé ne pas toucher l'oreiller. Moi qui habituellement mettais mon lit en champ de bataille toutes les nuits, au petit matin, j'avais l'impression de ne pas avoir passé les dernières heures dans mes draps. Je me suis levé en sifflant, je reprenais goût à la vie. Passage devant la glace, mon visage fatigué par la veille affichait tout de même une sérénité et une gaîté resplendissantes.

J'ai pris mon petit déjeuner inhabituellement au salon face au parc. Le soleil avait repris le dessus doucement sur la grisaille et le froid. Tout en prenant le temps, je regardais la pendule en attendant midi.

Que vais-je lui raconter ? Par quoi vais-je commencer ma phrase ? Va t'elle une fois de plus me devancer sur la conversation ? Va t'elle tout simplement décrocher ?

« *Les minutes passent* »

Midi était arrivé à grandes enjambées, mon impatience bien ancrée, je pris le téléphone aux douze coups de l'église du quartier. J'avais pris soin de bien le poser sur la table à quelques centimètres de ma main, prêt à dégainer. Je l'ai saisi et au moment où j'allais chercher dans mon répertoire « Amandine », son prénom s'est affiché sur mon écran. Voilà, encore une fois, Amandine avait pris les devants et ce n'était pas pour me déplaire. J'ai laissé passer deux sonneries et décroché le cœur emballé.

— Bonjour Clément, comment vas-tu aujourd'hui ? As-tu passé une bonne nuit ?
— Bonjour Amandine. Je vais très bien, la fatigue est pour le moment encore en retrait des souvenirs. J'ai passé une nuit calme et pensive. Et toi ? La journée de travail n'est pas trop dure ?
— Le réveil fut compliqué, mais ma journée est bien remplie, donc pas le temps de penser au

sommeil. Je ne peux pas rester longtemps au téléphone. Je serai libre vers 18h, si ça te dit on peut se rejoindre au Café du Centre à 19h30 ?

— Avec grand plaisir ! Si tu le souhaites je connais un restaurant sympathique pas très loin de là.

— Nous verrons ça sur le moment, si ça ne te dérange pas, je suis bien fatiguée. Je t'embrasse, à ce soir.

— A ce soir Amandine, bon après-midi.

En voilà une conversation conventionnelle, courte, mais dialogue à l'essentiel, pas de trajectoires perdues, ni de sous-entendus. Elle souhaitait me revoir et moi j'en rêvais !

J'ai passé l'après-midi à jouer de mes contacts professionnels afin de retrouver un travail rapidement. Il fallait que je rebondisse. Le salaire que j'avais dans le piano-bar ne me laissait pas envisager un grand niveau de vie avec le chômage à venir. Mais surtout la soirée de la veille m'avait redonné rapidement goût à l'écriture et au clavier. Le regard d'Amandine lors de mes gammes chez Manu, m'avait rendu une fougue et un entrain de jeune premier.

Après une bonne dizaine d'appels, j'avais trouvé une soirée d'essais pour le samedi qui arrivait. Il me tardait d'annoncer cette nouvelle à Amandine, surtout qu'elle avait une saveur spéciale.

La fin d'après-midi arrivait à grands pas, j'ai pris une douche, mis le parfum des grands jours, fais le tour une dernière fois de l'appartement pour la possible réception d'Amandine.

Rendez-vous pris à 19h30, je tournais déjà depuis une heure sur la Place Centrale. J'observais la meilleure place où l'on pouvait s'asseoir, celle où l'on serait assez à l'écart des discussions et des oreilles curieuses. Après avoir bien repéré, non les lieux que je connaissais bien, mais la clientèle, je suis entré dans le café pour réserver la table choisie pour une demi-heure plus tard. J'aurais bien voulu m'asseoir mais je ne voulais pas qu'Amandine croie en ma venue prématurée… et qu'elle y voie une impatience intenable.

L'heure du clocher de l'église affiche « rencard ». Je m'approche du café, je fais signe au serveur et prends place. Les minutes passent, une, trois, cinq, dix et toujours pas d'Amandine, pas d'appel téléphonique, rien.

— Ne me dis pas qu'elle n'est pas venue papa ?! Tu devais être impatient et pour le coup, toi qui te plaignais que les minutes passaient rapidement elles ont dû te paraître longues ce coup-ci !

— Ça c'est certain! Je n'ai jamais autant ausculté ma montre que ce jour-là.

La voilà qui arrive 17 minutes plus tard… La chose que je n'ai jamais trop aimée : les retards aux rendez-vous. Mais j'apprendrai avec le temps que ce n'était qu'une question d'habitude…

Elle passe devant la vitrine, elle s'approche du comptoir, jette un œil à droite puis à gauche, je lui fais un signe de la main. Mon cœur reprend de plus belle, lui qui était passé de l'impatience à l'inquiétude en dix minutes, voilà que le sentiment de bonheur, de bien-être et d'insouciance a pris le dessus sur les dix-sept minutes où j'ai vu nos retrouvailles annulées.

Elle s'approche de moi avec son regard et son sourire des grands jours. Je me lève et m'avance à mon tour d'un pas vers elle. Dois-je l'embrasser tendrement, juste le baiser d'un bonjour, une embrassade avec les bras enlacés ? Je me crois dans la cour du collège lors de mon premier baiser.

— Tu me diras, Serge, pourquoi autant de questions alors que la veille en se quittant nous nous sommes embrassés comme des jeunes éperdus d'amour… Mais Amandine, c'était Amandine…

— Oui je veux bien papa, mais crois-tu que tu prenais un risque énorme en l'embrassant d'une façon ou d'une autre ?

— Ne crois pas si bien dire. Mais qu'est-ce qu'un baiser dans une histoire d'amour ? Un baiser volé, tendre, langoureux, charnu, coquin… Tellement de façons d'embrasser qui veulent dire tant de choses différentes. Tellement de manières de le définir… Mais là ce n'était plus une histoire collégienne, mes lèvres avaient l'impression que c'était leur dernière rencontre. Les dernières lèvres qu'elles toucheraient. Celles qui les accompagneraient au lever du matin et au coucher du soir. Celles pour qui elles frissonneraient lors des adieux et des retrouvailles. Celles que je verrais trembler de tristesse, s'écarquiller de joie, faire la moue, les fameuses, les uniques, les lèvres de ma vie…

Plus qu'un mètre, cinquante centimètres, dix, puis cinq, puis deux et juste un bruit! Voilà tout, un petit baiser de bonjour, un petit baiser. Je pense qu'elle n'a pas voulu se donner en public et faire le couple tout neuf tout beau devant les clients du café. J'ai eu l'impression de rester figé, idiot, à attendre la suite du claquement de lèvres. Comme dans les dessins animés de Tex Avery où l'amoureux attend encore la bouche tendue que son amoureuse continue le baiser… Mais bon, je pense que je ne suis pas resté suffisamment inerte pour qu'elle s'aperçoive de quelque chose et c'est tant mieux.

Elle s'est assise en face de moi, elle a commandé un verre de vin blanc sec et moi une bière. Je lui ai demandé comment s'était passée sa journée. Tout en l'écoutant, je ne pensais qu'à lui annoncer la nouvelle pour samedi.

Après avoir partagé quelques échanges au sujet de son travail, elle m'a retourné la question concernant ma journée.

— Journée courte mais prolifique ! J'ai passé quelques appels pour trouver un nouveau piano-bar. Et j'ai eu une réponse positive pour samedi qui arrive.

— Voilà une bonne chose ! Et c'est où ? Pour jouer quel style ? Un contrat de combien de temps ? Je suis heureuse pour toi !

— Doucement Amandine, samedi ce n'est juste qu'un essai. Mais j'ai espoir. En revanche, il y a une chose autour de cette proposition.

— Ah bon et quoi ? C'est un bar spécial ?

— Non, ne t'inquiète pas, ils me proposent, si cela marche, d'être accompagné occasionnellement d'une chanteuse, pour faire un peu de jazz. Mais cette chanteuse c'est à moi de la trouver.

— Oh, je te vois venir Clément. Je n'ai pas la prétention de pouvoir chanter en public. La clientèle de Manu en fin de soirée me suffit bien déjà. Et je ne voudrais pas nuire à ton contrat.

— Il ne s'agit pas d'une carrière que je te propose, mais juste essayer une fois, pour que tu éprouves et partages la sensation que je ressens dans cette passion.

— On en reparlera Clément, pour l'instant, prépare bien cet essai.

« *On en reparlera !* » Voilà bien une expression qui laisse l'interlocuteur dans un flou absolu. « *On en reparlera* », une réponse en guise d'esquive, une réponse laissant entrevoir tout de même du positif. Cette réponse était loin de me décourager,

« si tu ne demandes pas, tu ne sais pas » et « tant que ce n'est pas non, c'est peut-être oui » voilà deux expressions qui ont rythmé ma vie. La positive attitude comme l'avait repris un certain chef d'état de mon époque.

C'était bientôt vingt et une heure et je proposais à Amandine d'aller manger dans un restaurant tout proche d'ici.

— D'accord, mais à une seule condition.

Surpris et inquiet de sa requête, je lui demandai tout de même de quoi il s'agissait ? Elle me répondit en souriant :

— Ce soir, ce ne sera pas une nuit blanche !

« *Est-ce que si on l'avait fait* »[8]

Ce fut notre premier repas ensemble, au restaurant « le Bali ». Le patron était un indonésien passionné de cuisine et de musique. Chaque week-end, il faisait des soirées à thèmes autour de la cuisine et musique du monde, il appelait ça « y a plat danser », un petit clin d'œil à « Yaka danser »[9], fallait oser…

Mais là, c'était mercredi soir, au beau milieu de la semaine avec une nuit blanche dans les chaussettes et une journée de travail pour Amandine, alors ce n'était pas le soir pour zouker… Nous avons encore et encore parlé, mais la discussion tirait plus vers nos passés respectifs maintenant. Nous avons essayé de nous raconter nos dernières épreuves sentimentales tout en gardant mutuellement les indices qui auraient pu nous faire fuir.

---

[8] ***Dès que j'te vois.*** 2007 Auteur-compositeur Matthieu Chédid (M), interprète Vanessa Paradis

[9] ***Yaka dansé.*** 1987 Auteur-compositeur Christian Fourgeron (RAFT)

Quand tu te découvres, tu as toujours des points communs criards, des coïncidences troublantes, seulement des indices favorables à une histoire d'amour sans fin. A ce sujet, les grincheux de l'amour disent « l'amour rend aveugle, et le mariage redonne la vue ». Je pense que c'est surtout le manque d'expérience qui installe un voile de bonheur sur la réalité qui aveuglera le quotidien. Rien à voir avec le mariage qui est censé affirmer une relation entre deux personnes qui s'aiment et pour cela certains prennent Dieu comme témoin.

Habituellement, nous prenons un témoin pour nous protéger d'un délit, pour se justifier de notre bonne parole, mais pour le mariage ? Dieu est-il le seul à pouvoir dire si deux êtres s'aiment ? Et de plus, s'ils ne sont pas de la même religion, il faut encore trouver le Dieu le plus crédible d'entre eux pour justifier cet amour. Dans ce débat des hautes sphères, y aurait-il un Dieu neutre à tout ça, pour décider duquel des deux êtres surnaturels sera à même de mieux juger l'amour de deux âmes ? Comment sont-ils organisés là-haut ? Ont-ils des salles de réunion ? Est-ce que les anges votent ? Est-ce qu'ils manifestent sur les nuages quand il faut décider si un être peut aimer un autre ? Font-ils des referendums ?

Je vais te lire un passage de la trilogie de Marcel Pagnol « César »[10], qui à mon sens résume le mieux l'absurdité de la religion.

Panisse, l'un des quatre compères décède. Ses proches l'imaginent arriver devant Dieu, et ils se disent :

HONORINE — Quand on s'est bien confessé, et bien repenti, ça va au paradis

CESAR — Oui, peut-être. Mais moi, il y a une idée qui me tracasse : le Bon Dieu d'Elzćar (lc curć du village), le nôtre, enfin si ça n'était pas le vrai ?

Honorine et Escartefigue sont épouvantés et scandalisés.

César reprend — Je veux dire que je connais des musulmans, des hindous, des chinois, des nègres. Leur Bon Dieu, ce n'est pas le même, et ils ne font pas comme nous !... Nous, nous avons des péchés que chez eux c'est une bonne action, et vice-versa… Peut-être qu'ils ont tort, remarquez bien… Seulement ils sont des millions de milliasses… S'ils avaient raison, Monsieur Brun ?

Mr BRUN — Il est certain que la question peut se poser

CESAR — Le pauvre Honoré est tout préparé, bien au goût du Bon Dieu d'Elzéar. Et si, en arrivant au coin d'un nuage, il se trouve en face d'un Bon Dieu à qui on ne l'a jamais présenté. Un Bon Dieu noir ; ou rouge. Ou un de ces Bons

---

[10] **César.** Marcel Pagnol 1936

Dieux habillés en guignol, comme on en voit chez l'antiquaire, ou celui qui a le gros ventre ? Ou bien celui qui a autant de bras qu'une esquinade ? Le pauvre Panisse, qu'est-ce qu'il va lui dire ? En quelle langue ? Avec quels gestes ? Tu te vois, toi, déjà fatigué par ta mort, et tout vertigineux de ton voyage, en train de t'expliquer avec un Dieu qui ne te comprend pas ? Et tu as beau lui faire des prières, il te dit :

« Quoi ? Comment ? Qu'est-ce que vous dites ? »

Et il le dit en chinois ?

Honorine et Claudine en colère lui demandent de se taire.

César conclu magnifiquement par — Oui, évidemment, le bon, c'est le nôtre. Mais alors sur terre, il y a beaucoup de gens qui sont couillonnés. Ça me fait de la peine pour eux... »

Tout ça pour te dire Serge, que l'amour ne se décide pas. Tu peux être amoureux d'une personne qui ne me plaira pas, parce que je penserai connaître ce qui est le mieux pour toi. Parce que les parents sont là pour veiller au mieux sur leurs enfants le plus tard possible. Tes amis certainement te conseilleront également, ils auront tout comme moi parfois raison. Mais l'amour ne se commande pas. D'ailleurs c'est bien pour ça qu'on dit « tomber amoureux ».

Avec Amandine je n'étais pas dans une période propice à l'amour. C'était ma période d'échec et de renonciation... Alors c'est arrivé là comme un ticket gagnant d'un jeu à gratter. Tout d'abord tu rodes autour d'un marchand, tu oses entrer dans la boutique, tu achètes le ticket avec une énorme ambition sur les gains probables, puis tu commences à gratter et imaginer la suite des numéros ou des figures gagnantes. Il n'y a qu'une fois arrivé à la fin du grattage, tout en étant passé par des émotions diverses, que tu imagines différemment l'utilisation de tes gains, si gains il y a.

— J'ai la crainte de tomber amoureux papa. Mais pourtant j'ai l'impression que les choses sont écrites comme ça. Et justement, la seule expression que nous utilisons face aux échecs et aux fatalités insurmontables est *« c'est comme ça »*

— Tu apprendras, et tu l'as déjà appris à tes dépends, malgré toutes les bonnes volontés et l'investissement dans nos souhaits que nous voulons réaliser, il y a une part de fatalité. Et là oui, en effet tu peux utiliser cette expression qui m'arrache le cœur à chaque fois que la vie me force à l'employer.

— Je ne sais pas si tu essaies de me perdre dans ta deuxième soirée avec Amandine mais je ne perds pas le fil. Alors ? Après ce premier repas, vu que vous étiez quand même fatigués, ta douce t'a-t-elle accompagné dans ton appartement ?

A la sortie du restaurant Amandine m'a bien fait comprendre qu'elle voulait rentrer se reposer chez elle, seule. Et ça a été le même scénario durant les dix premiers jours.

Etrangement à cette époque, la chanson de Vanessa Paradis « dès que j'te vois » passait en boucle sur les radios. Avec un refrain qui nous hantait :

« Est-ce que si on l'avait fait
On se ferait l'effet
Que l'on se fait
A chaque fois... »

Ces paroles résonnaient dans ma tête et dans la sienne également. Nous avons parlé de cette chanson justement et elle nous faisait tout de même un peu peur. L'effet que nous nous faisions dès que l'on se voyait, dès que l'on se manquait, dès qu'on entendait le son de nos voix au téléphone, quand nous nous serions dans les bras de plus en plus fort au fil des heures et des jours. Cet effet-là, que je te racontais un peu plus tôt dans la soirée, cette boule au ventre n'allait-elle pas disparaître ? N'est-elle pas simplement le résultat du désir charnel ?
Ne sommes-nous pas au fond, de simples animaux ayant évolué plus que d'autres espèces parce que notre cerveau nous l'a permis ?
La crainte de s'inclure dans la réponse évitera toute réflexion de quelconque savant au sujet de cette question…

Ces dix premiers jours, durant lesquels j'avais passé mon audition avec succès et j'étais programmé pour la rentrée de janvier. Dix jours à se voir des après-midis entiers, des soirées au restaurant, des visites chez Manu où je les surprenais à une complicité amicale qui me ravissait.

Dix jours jusqu'au samedi suivant. Ce soir-là, la télévision avait programmé un concert de Serge Gainsbourg. Alors j'ai invité Amandine à dîner.

« J'avais envie de voir en vous cet amour »

Pour ne pas me tromper dans le menu, je suis resté dans le classique et surtout dans ce que je savais faire. Pour le dessert et le reste de la soirée j'avais mis au frais un vin pétillant italien dont Luizo, le serveur de mon ancien piano-bar, m'avait dit grand bien. Le stress de notre première rencontre refaisait surface tout au long de l'après-midi. Le mois de Décembre avait pointé le bout de son nez et les flocons avaient réapparu. Le parc de la résidence était habillé d'un manteau blanc ce qui n'était pas sans me rappeler la première balade avec Amandine.

Je lui avais donné rendez-vous à dix-neuf heures en sachant qu'elle avait en moyenne vingt minutes de retard à tout rendez-vous non professionnel. A ma grande surprise, elle eut cinq minutes d'avance sur l'heure prévue. Soit elle avait hâte de me retrouver, soit-elle ne voulait surtout pas manquer le concert. Mes questions de confiance revenaient à la surface mais l'embrassade à laquelle j'eus droit ce soir-là me redonna l'assurance de sa venue. Ce n'était pas le bonjour du premier rendez-vous au café du centre, là c'était un baiser qui voulait dire *« tu m'as manqué, je suis heureuse d'être là, serre moi fort »*. Après cette entrée en matière à laquelle je ne m'attendais guère, je mis quelques secondes pour retrouver mes esprits. Amandine, toute guillerette de cette soirée en perspective, s'était déjà mise à l'aise sur le canapé.

Elle avait, pour l'occasion, mis la robe de soirée de notre rencontre. Une robe longue, blanche et pure comme elle. Une seule bretelle sur ses épaules, échancrure généreuse de sa jambe droite, dos nu…

Je redécouvrais sa peau pour la deuxième fois en rêvant de l'effleurer tendrement. Je trouvais en elle une excitation inhabituelle. Elle ne tenait pas en place, du canapé au salon, du salon à la cuisine pour essayer de deviner le repas. Elle s'est assise un petit moment sur le siège du piano en réflexion, puis elle est repartie sur le canapé. Pendant ce temps-là je m'activais pour finir la préparation que j'avais programmée avec ses vingt minutes de retard habituelles.

Une fois prêt, j'ai dressé les toasts et débouché la bouteille de vin et je l'ai rejointe dans le salon. Nous avions une bonne heure devant nous, nous en avons profité pour parler de choses et d'autres. Elle a apprécié les toasts et étrangement le vin l'attirait plus qu'à son habitude. Alors, dans l'euphorie, Amandine était encore plus bavarde et être plus bavarde qu'Amandine dans son quotidien il fallait déjà oser !

Je pense que le stress sur l'éventuelle issue de la soirée l'avait emporté face aux barrières de la pudeur. Nous avons passé un repas vraiment agréable et tu n'as qu'à voir trente et un an après je me souviens encore des détails de cette soirée. J'avais réussi la cuisson du magret et la salade était bien fraîche, mon stress a pu s'évacuer au fil des minutes et le vin aidant, nous nous sommes surpris sur notre humour commun et surtout sans tabou. Nous avons vite débarrassé la table afin de nous installer au salon pour déguster la glace avant le début du concert. J'ai longtemps hésité avant d'ouvrir le vin italien en pensant qu'elle était venue en voiture, mais prudente comme je la connaissais jusque-là, j'ai deviné, à sa consommation de vin, qu'elle n'avait pas l'intention de rentrer chez elle ce soir. Alors j'ai sorti les coupes à champagne pour accompagner la glace...

La première gamme du piano nous a ramenés à notre rencontre et à notre histoire. Je me souviens avoir pris la main d'Amandine et de l'avoir serrée fort. « La Javanaise », celle que nous avions élue, dans nos têtes mutuellement mais sans nous le dire, comme notre chanson. Ses yeux étaient brillants d'émotion, j'ai senti sa main trembler et son cœur battre aussi fort que le mien. Je ne pourrai jamais oublier son regard à cet instant, encerclé de ses longs cils noirs, profond, parlant. Je n'ai eu qu'une envie, la serrer fort et encore plus fort. C'est ce que j'ai fait.

Je me suis approché, j'ai saisi son visage entre mes deux mains et me suis noyé longtemps dans ses yeux. J'ai essuyé sa première larme et lentement approché mes lèvres des siennes puis je l'ai embrassée. Le rythme et la tendresse du concert nous emportait pendant notre étreinte chargée d'amour. J'ai longtemps caressé le dos d'Amandine tout en la serrant fort contre moi. Mon autre main descend le long de son corps pour effleurer enfin la peau de ses jambes d'une douceur infinie. Nous avons fait l'amour, là sur le canapé, pour la première fois de notre histoire. On avait certainement rêvé d'autre chose, mais les choses calculées enlèvent toujours un goût de passion. Alors sans réfléchir et profitant surtout du moment présent, nous nous sommes endormis nus, dans les bras l'un de l'autre.

Ce fut certainement l'une de mes plus belles nuits auprès d'Amandine.

« La passion, la liberté et l'adrénaline »

Le lendemain matin, Amandine s'est réveillée en sursaut. Gênée d'être nue contre moi, sa main sur mon torse et la mienne sur son sein ? Angoissée par les premiers mots du matin ? Peur d'avoir franchi le cap et puis plus rien ? Le silence d'un lendemain d'une nuit d'amour devenait peut-être oppressant ?... que sais-je ?... Elle s'est simplement excusée et a prétexté une invitation pour le midi chez ses parents.
Encore embrumé par l'extase de la nuit, je n'ai pas réfléchi à tout ça sur le moment et l'ai laissée filer comme on relâcherait un être sauvage trop vite apprivoisé.

Elle m'a dit en refermant la porte :
— Je t'appelle ce soir si je peux, sinon demain. Bon après-midi, désolée de partir si tôt, mes parents sont des mordus de la pendule bien réglée.
Peur de me montrer trop oppressant je lui ai répondu :
— Je comprends Amandine, je ne t'en veux pas. Fais ce que tu as à faire.

J'ai passé les trois jours suivant à attendre un signe de vie de sa part. J'ai hésité à maintes reprises à l'appeler, à lui envoyer un message. Ne serait-ce qu'un *« coucou comment ça va ? »* ou *« bonjour Amandine j'espère que tout va bien ? »*. Mais voilà encore une fois, peur de dévoiler la totalité de mon cœur, j'ai bien cru que je l'avais perdue pour de bon.

Elle m'a enfin appelé le mardi soir, encore un mardi, en s'excusant. Elle m'a expliqué qu'elle avait passé un peu de temps avec ses parents et entre le travail et le train-train de la vie quotidienne elle n'avait pu me joindre. Comment croire que je passais juste après le « train-train » ? Après ses parents d'accord ! Mais après le « train-train » … Je n'ai jamais réellement demandé d'explications plus détaillées. Le seul fait de voir son nom enfin s'afficher sur mon téléphone, m'avait fait oublier toutes les heures d'inquiétudes, de stress, de déchirement, de remise en question sur la femme qui m'avait fait craquer littéralement deux semaines plus tôt.

Pendant ces trois jours d'attente, Amandine a fait de moi un autre homme. J'ai découvert la passion au-delà de celle du piano et du chant. La passion d'aimer. Critère ultime et suprême d'une existence sentimentale reconnue et enviée... Sans elle ma vie était vide de sens, placide, ennuyeuse... Je sentais mon corps et ma tête devenir avides de sensations fortes ! De me sentir enfin vivant pour quelqu'un d'autre. Ne plus laisser les choses atteindre un point de non-retour. Ce point où l'on s'interroge. Le souffle calme, posé, partir à droite, à gauche ? Est-il possible encore de rebrousser chemin ? A la limite du sentier, flirter avec le risque, jouer des règles, des interdits, faire face au danger...

Jouir de cette liberté de penser, d'aimer, de vivre ! N'est-ce pas simplement un principe de vie ? L'essence même du bonheur ?

Au plus proche de la montée d'adrénaline ! Drogue incroyablement séduisante, dangereuse créatrice d'accoutumance. Solution à toutes mes frustrations ? Palliatif à ce poison de routine que nous apprivoisons et que nous trouvons finalement si rassurant. N'est-ce pas cette adrénaline que je recherche dans la séduction de l'autre ?

Suis-je seulement en quête de ce sentiment grisant de regards qui se croisent et activent en moi les cinq sens de l'être séduit et séducteur ? Pupilles dilatées, épiderme hautement sensibilisé, lèvres humides, respiration haletante, oreilles à l'affut du moindre froissement de tissu, du moindre mot susurré...

Les mains tremblantes, les peaux s'effleurent, les courbes se dessinent, le souffle se fait court et rapide, les mots font place aux respirations profondes et gémissements retenus. Les images défilent, s'entremêlent, les cœurs s'emballent, les corps se découvrent. C'est l'ouverture de la valse des désirs inavoués, des plaisirs honteux. La meilleure des gourmandises. L'amour.

Elle avait fait de moi un être aimant avec ses joies et ses souffrances.

« *Les fleurs du prochain couplet seront garnies de remords et regrets* »

Cela faisait un mois qu'Amandine avait pris la décision de mettre un terme à notre histoire. Des jours et des jours, longs, très longs, à me remémorer toutes sortes de souvenirs. Un mois dans un vide complet pas très loin du néant. Le « néant » par définition est un état d'inexistence de l'être ou des choses, ce mot inventé par l'homme pour définir la position des choses au-delà du réel, du vivant. Un mois où le fait de savoir que je devais aller jouer dans le piano bar sans qu'elle ne soit là m'arrachait le cœur et me ramenait à ce moment de grâce qu'elle m'avait offert.

Je faisais mon tour de chant habituel et les premières notes du Port d'Amsterdam[11] commençaient leur ballade sur le clavier.

---

[11] **Le port d'Amsterdam.** 1964 Auteur-compositeur interprète Jacques Brel

D'abord une accélération, puis le silence. La note raisonnait, j'ai senti une présence derrière moi.

Une voix féminine douce, pure, me donne des frissons.

« Dans le port d'Amsterdam,
il y a des marins qui chantent,
les rêves qui les hantent au large d'Amsterdam ».

Une main me parcourt la nuque de la gauche vers la droite. Mon corps est paralysé par l'émotion. Je ne peux me retourner. Je la laisse chanter à capella. J'observe les clients qui n'ont d'yeux que pour elle. Je rêve que cet instant ne cesse de vivre. Main dans la main, nous avons franchi la frontière des deux mondes.

« Dans le port D'Amsterdam,
Il y a des marins qui dorment
Comme des oriflammes le long des berges mornes... »

Je devine sa silhouette sur ma droite. Elle a osé. Elle est là avec moi, sa main descend sur mon épaule maintenant, sa silhouette se fait de plus en plus visible. Elle avance sûre d'elle, laisse traîner sa main sur le piano, continue de chanter, le public n'existe plus, nous sommes seuls. Elle et moi sur notre nuage en apesanteur. Mes doigts reprennent position sur le clavier, accompagnent ses pas et ses mots jusqu'au bout du piano. Sa main ne quitte plus le bois, nous sommes liés, elle sent mes notes vibrer et moi ses caresses. Les notes naissent dans la chaleur épaisse des courbes d'Amandine, elles vivent, rient, pleurent les putains d'Amsterdam, boivent et pensent aux femmes.

Nous ne nous quittons plus des yeux, ses lèvres guident mes mains, nous faisons l'amour en chantant. Nos corps se rapprochent, sa main toujours sur le bois du piano descend maintenant vers le clavier. Elle s'assoit près de moi, pose ses doigts sur les dernières notes de la chanson et nous finissons ce rêve avec nos quatre mains sur le clavier...

J'aurais pu imaginer toutes sortes de fins, mais pas celle-là. Celle de deux êtres aimants qui se quittent juste pour être heureux. Irréel...

Mais que dire alors des retrouvailles ? Des jours et des jours sans un signe de vie, pour t'aider à rester dans le néant, rien de tel. Ce soir-là, un mardi, elle est venue m'écouter au piano-bar. Depuis notre séparation, je jouais sans cœur, sans âme. C'était devenu un simple travail qui m'aidait à régler mes factures à la fin du mois, un « job » comme des milliers de gens en France.

Tu vas croire que c'est le récit d'un roman, mais j'ai ouvert les yeux et elle était là, appuyée sur le piano comme elle avait fait des dizaines de fois. Je les ai ouverts et fermés à plusieurs reprises, je me suis même demandé si je n'avais pas perdu la tête, si je n'étais pas définitivement tombé dans mon monde parallèle. Elle essuya discrètement ses larmes, mais le fond de son regard trahissait son émotion. Elle avait dû écouter les paroles, et nous a reconnus dans ces phrases perdues de sentiment, de tristesse et de regret. Nos regards se sont figés, je ne pouvais plus bouger, paralysé, des flash-backs se bousculaient, une envie folle de la serrer dans mes bras, de lui écraser les côtes qui protègent son cœur, ses poumons, ses organes vitaux. De sentir sa peau, son odeur, ses cheveux qu'elle avait pris soin de relever en chignon éparpillé.

Cette chanson, je l'ai écrite le surlendemain de notre dernière discussion. Quelques mots, quelques phrases, quelques couplets et un refrain qui résume en grande partie les aléas de ma vie sentimentale.

Une impression de déjà vue

Si mon destin s'éloigne du tien
Je serai l'esprit de tes voisins
Pour te voir tous les matins
Quand tu sortiras de ton bain

Pour connaître tes rires et tes pleurs
Et même si tu jouis de bonheur
Te dire les mots d'amour
Que je n'ai dit aucun autre jour

L'heure viendra où l'on se dira
Que l'on veut plus se voir
On pensera qu'on aurait pu
Mais que c'est comme ça...
Cette vérité qui nous tue !

Alors on restera amis
Les amis de nos amis
Pour ne pas devenir ennemis
Et risquer d'en payer le prix

Puisque tu referas ta vie
Je déferai la mienne
On aura des amis ennemis
Qui nous feront de la peine

L'heure viendra où l'on se dira
Que l'on ne veut plus se voir
On pensera qu'on aurait pu
Mais que c'est comme ça...
Cette vérité qui nous tue !

Si la vie nous écarte
Pourquoi redistribuer les cartes
Les données seront les mêmes
Que tu sois l'As, le roi ou la reine

Pour nous le bonheur se trouve ailleurs
Avec nos grandes peurs et notre reste de cœur
Les fleurs du prochain couplet
Seront garnies de remords et regret

L'heure viendra où l'on se dira
Que l'on ne veut plus se voir
On pensera qu'on aurait pu
Mais que c'est comme ça...
Une impression de déjà vue...

Je ne sais combien de temps je l'ai observée sans dire un mot, cloué sur mon siège, les mains encore posées sur le clavier, l'assistance me regardait, attendait la suite certainement ? Ou pensait-elle qu'Amandine allait chanter ? Je me suis demandé longtemps si j'avais joué les premières notes de la Javanaise est ce qu'elle m'aurait suivi à cet instant ? Par peur d'un refus ou d'un quelconque affront, je me suis levé et fis signe au serveur que je prenais ma pause.

Je ne me suis pas avancé vers elle, peur de lui faire la fameuse bise sur la joue… Cette bise qui finirait de me fissurer le cœur, alors je lui ai fait comprendre de me suivre, et nous nous sommes assis en terrasse.

— Bonjour Amandine. Comment vas-tu ?

— Et toi ? Très belle chanson Clément, et comme le dit le refrain, « une impression de déjà-vu ».

Nous avons joué à des questions/questions pendant environ cinq petites minutes. Ni elle ni moi n'osait dire comment on se sentait.

— Je te commande un Mojito ?

— Non merci Clément je vais prendre un jus de fruits s'il te plaît.

Notre conversation était encadrée de silence. Elle paraissait si inquiète, si pensive. Elle était à fleur de peau. Je ne savais pas quel sujet aborder. Peut-être lui demander tout simplement pourquoi elle m'avait laissé comme ça du jour au lendemain sans nouvelles. Elle savait que j'étais inquiet dans cette situation et puis nous ne nous étions pas quittés en mauvais terme, bien au contraire. A cet instant comment voyait-elle sa vie maintenant ? Est-ce que tout compte fait, elle était mieux sans moi, sans la tendresse que j'aimais lui apporter ? Sans mes mains sur elle ? Sans mon café du matin ?…

Une montée de haine m'a traversé le corps, un sentiment que je n'avais jamais ressenti envers elle. Un mélange de colère saupoudré de frémissements à l'idée de la sentir à nouveau proche de moi, à portée des yeux, à portée de mes mains.

Mon sentiment de colère s'est évaporé sous la chaleur de sa beauté. Soudainement j'ai eu envie de la serrer dans mes bras, de lui dire toute mon inquiétude, ma tristesse de ne plus être à ses côtés le soir au coucher. De prendre mon petit déjeuner tout seul, de jouer au piano sans sa présence. J'avais envie de lui servir mon cœur sur un plateau d'argent et de sortir toutes les épines de roses que notre séparation y a plantées.

Le serveur nous amène notre commande. Je n'avais pas plus d'une demi-heure devant moi et cela faisait déjà bientôt dix minutes que le silence l'emportait sur les brefs débuts de conversation…

Amandine a pris une grande gorgée. Son regard n'avait rien des premiers jours, rien de celui du dernier non plus. Ce regard je ne le connaissais pas et pour cause…

« *Je souris et j'essuie ses larmes* »

— Clément j'ai quelque chose à te dire et je veux que tu m'écoutes. Cela fait quinze jours que j'essaie de franchir le pas, alors je t'en prie, laisse-moi finir et je répondrai à toutes les questions que tu voudras en suivant.

Je lui ai répondu d'un air presque serein :

— Ok…

— Tu te souviens de notre dernière nuit d'amour ?

J'acquiesce d'un signe de la tête.

— Moi aussi entièrement, comme de la première. Et bien d'autres. Tu te souviens de nos promesses et de nos souhaits lors de notre rencontre et notre séparation ? Se dire tout, quelles que soient les circonstances, être là l'un pour l'autre même après notre dernière discussion.

J'ai mordu ma langue pour éviter de lui couper la parole, de lui dire d'abréger tellement la préparation à son annonce avait tout de solennel. J'ai pris sa main tremblante, tellement ses yeux n'étaient plus étanches. Elle n'a pas refusé et me l'a serrée encore plus fort que moi…

— Voilà Clément après plusieurs tests et maintes vérifications, j'attends un enfant de toi.

Mon sang n'a fait qu'un tour, mon cœur ne savait plus où se mettre ! Du côté de l'homme heureux d'avoir enfin le sentiment d'accomplir ou d'arriver au bout des choses, ou du côté de l'écroulement parce que je ne savais plus quelle relation allait suivre avec Amandine ?
Je cherche les mots. Rien ne vient. Je me lève, je me poste devant elle et je tends les bras pour la serrer fort ! Très fort mais pas trop pour ne pas non plus froisser le bébé. Je sens à nouveau son parfum dans le creux de son cou, je me sens partir loin, très loin. Les mots ne viennent toujours pas pour décrire mon émotion, j'ai tellement envie lui glisser quelque chose au creux de l'oreille. Mais la puissance avec laquelle je la serre, mon souffle au bord de son lobe trahit mes émotions. Je la regarde dans les yeux, je souris et j'essuie ses larmes.

Puis je retourne au piano tout tremblant, tout neuf…

Amandine a passé le reste de la soirée là, assise sur une chaise, pas très loin du piano, mélangée de sourires et de larmes qui faisaient briller ses yeux. Ses émotions naviguaient selon le rythme du clavier. Puis elle s'est éclipsée pendant l'une des dernières notes en me faisant signe qu'elle m'appellerait…

Amandine ! Voilà Amandine dans toute sa splendeur. Elle débarque comme ça sans crier gare après un mois de silence. Elle m'annonce de but en blanc qu'elle attend un enfant de moi, et elle repart en catimini en me disant *« on se phone ! »* Moi qui pensais qu'on allait passer le reste de la nuit à parler de tout ça.

Comment notre relation allait évoluer après cette nouveauté ? Comment allions nous fonctionner ? Est-ce que le fait d'attendre un enfant de moi allait la faire revenir ? Et puis la question qui m'a torturé le temps d'y apporter une réponse : allait-on tout simplement garder cette preuve d'amour, cette preuve de notre histoire, de notre belle histoire, ce mélange de nos corps dont nous avons parlé à demi-mot lors des moments de calme au matin sous les draps froissés ?

Allait-on franchir cette marche ensemble, séparément, au quotidien, hebdomadairement, mensuellement ou pour les vacances ? Voilà toutes les questions que je me suis posées toute la nuit. Comment fermer les yeux après ça ?

« *Je me voyais prendre soin d'elle* »

Les premières lueurs du matin m'ont sorti du lit et surtout des tracas perpétuels de la nuit. J'ai pris un café léger, un fruit, puis j'ai cherché au fond d'un placard ma vieille paire de baskets. Besoin d'aller faire un footing, de transpirer, de retrouver la sensation du bout de soi, d'évacuer ou d'y penser encore et encore. Surtout de prendre un grand bol d'air !

Pendant ma course je me permets à rêver de la voir aller et venir dans l'appartement au fil des jours et des mois que son ventre grossirait. Cette peur qu'elle a en elle que son corps change s'effacera au travers de la plus belle des choses au monde : porter un enfant.

Je me voyais prendre soin d'elle, lui mettre les coussins où bon lui semblerait, sur le canapé, là et pas là sur le lit. De subir ses mauvaises humeurs, ses envies spontanées qu'on prête régulièrement aux femmes enceintes. Des faux départs à la clinique la plus proche. J'ai calculé que la naissance serait pour la sortie de l'hiver, environ février. J'ai pensé à investir dans autre chose que ma vieille Fiat 500 qui me servait à me déplacer essentiellement en ville.

Je l'imaginais me dire, après mûre réflexion « *Clément c'est décidé, je te rejoins et nous élèverons cet enfant ensemble comme nous l'avions rêvé. Si tu es d'accord on se laissera quelques semaines pour choisir un autre appartement pour avoir un peu plus d'espace pour le bébé. Une chambre supplémentaire et pourquoi pas une petite maison de ville avec un carré de jardin qu'il puisse gambader sous notre surveillance ? ».*

Je la voyais même, quelque temps après, dans une robe de mariée et notre enfant nous amenant les alliances. Dans cet instant de vie, il viendrait sceller notre amour.

Je me rendais compte tout de même que je commençais, sans en avoir aucune ébauche, à me mettre dans une situation de vie « normale ». Mais cela ne m'effrayait pas, la musique, l'écriture nous auraient permis de nous évader.

11h et toujours pas de nouvelles. Plus les minutes passaient et plus mes rêves s'évaporaient au soleil de juillet. Mon portable me suivait partout, du canapé au piano où je n'arrivais pas à sortir une suite de notes correctes, de la cuisine à la salle de bain en passant par le salon. Jusqu'à ce que la sonnette de la porte retentisse !

12h30, je sors de la douche en courant. Juste le temps d'enrouler une serviette autour de la taille, de m'ouvrir l'arcade sur le montant de la porte, de déraper sur le carrelage et d'éviter de peu la table de la salle à manger puis de marcher sur la serviette qui tombe tout simplement à mes chevilles... Me voilà devant la porte, le visage en sang et la serviette enroulée de telle sorte qu'on puisse au moins ne pas voir mes attributs... Pas le temps de regarder dans le judas, j'ouvre en vitesse sans réfléchir.

Me voilà nez à nez avec mon facteur... Son sourire perd de son éclat en me voyant dans cet état. Et que dire du mien. Quelle scène ? Moi ouvrant la porte une serviette enroulée autour de la taille façon « *Dépêche-toi ! Mon mari arrive ! »*, le visage en sang, et le tout avec un sourire des plus grands jours... Il me tend un colis de CD et partitions que j'avais commandés.

La scène était tellement gênante qu'il a continué sa tournée sans poser aucune question, et tant mieux. J'ai claqué la porte et je suis reparti à la salle de bain refermer ce que l'encadrement de porte avait ouvert.

17h Amandine prend soin de m'envoyer un petit message : « *coucou Clément comment vas-tu ? Rendez-vous ce soir à 20h au Bali ? Ça te dit ? »*

J'aurais pu répondre à ce message par :

Je vais extrêmement bien ! Je n'ai pas dormi de la nuit parce qu'hier soir tu m'as laissé dans un océan de questions. Je suis parti courir ce matin et je me suis encore plus rendu compte que la vie de la nuit m'avait laissé pousser quelques poignets d'amour supplémentaires. Je me suis ouvert l'arcade en me précipitant à la porte en pensant que c'était toi qui sonnais. Je me suis retrouvé presque nu devant le facteur avec le visage en sang. J'ai cogité tout ce temps, jusqu'à embraser mon cerveau. Mais sinon ça va !

Mais rien de tout ça, je lui ai tout simplement répondu ; *« Je serai à l'heure et toi ? »*. Elle a tout de même osé me répondre *« je ferai un effort…»*.

Il me restait donc trois heures pour me préparer physiquement, ce qui était largement possible malgré mon arcade de boxeur, mais surtout mentalement. Qu'allait-elle me dire ? La connaissant, je savais que je ne pourrais pas lui faire changer de décision, même si le choix qu'elle ferait nous concernait tous les deux. J'étais mélangé entre l'envie de la retrouver rapidement, de la voir physiquement, de l'imaginer dans quelques semaines le ventre rond et le stress qui montait de minute en minute à l'idée d'entendre une décision qui allait me déplaire.

Trois dernières heures… les dernières en tant qu'homme éternellement célibataire et sans enfant, ou la confirmation du contraire. L'appréhension une nouvelle fois que la manie d'Amandine de vouloir devancer les choses resurgisse. Ce trait de caractère m'avait pourtant séduit dans les premiers temps de notre relation, mais était devenu envahissant au fil du temps. Toujours à l'avant-garde du « si », c'était d'ailleurs le mot, je pense, qu'elle employait le plus. Une ponctuation en quelque sorte pour elle. Puis il y aura le moment où elle va rentrer dans le restaurant et nous serons bien obligés de nous saluer d'une manière ou d'une autre. Et seulement si c'était la même à vie, voilà que je me mets à employer des « si » maintenant. Je décidais alors quoi qu'elle me dise de faire en sorte d'en venir à mes fins. J'ai trop laissé les aléas de la vie diriger ma route sans prendre de grandes initiatives par peur de faire le mauvais choix, toujours cette comparaison entre le regret et le remords. Et cette vision qui me revient sans cesse *« À quatre-vingts ans devant le miroir, je fais le bilan... ».*

Alors je me suis regardé longtemps dans la glace de la salle de bain en me posant les bonnes questions et surtout en y répondant quitte à me faire du mal. J'ai envisagé toutes sortes de décisions afin de pouvoir réagir de la bonne manière au moment de la fameuse annonce. *« Voilà Clément, après de longues réflexions et vue notre situation actuelle et future, je ne pense pas que ce soit raisonnable de garder cet enfant »* ... Ou alors *« Clément je me suis rendu compte pendant ce mois d'isolement et de sevrage que je ne pouvais pas me passer de notre histoire. Alors si tu es d'accord nous reprenons la vie là où nous l'avons laissée et nous continuerons à trois ».*

Moi qui ne croyais à aucun dieu, je me suis vu regarder vers le ciel et chercher une lueur d'espoir vers celui qui est censé nous apporter le bonheur sur terre.

Après toutes ces réflexions je me suis installé sur le canapé, mis ma compilation avec « life on mars ». Je me suis étendu et j'ai pensé paisiblement comme j'aime le faire. J'ai regardé les situations envisageables et le déchirement que m'avait provoqué notre séparation était bien présent. Je me suis aperçu que depuis cette discussion, je jugeais plus facilement les personnes que je côtoyais, moi qui n'aime pas le jugement d'autrui, j'en avais fait un de mes loisirs. Amer ? Oui amer, ce comportement ne me ressemblait pas. De quel droit je pouvais juger Amandine telle une commanditaire, elle qui m'avait apporté jusque-là toutes les saveurs du bonheur ? D'ailleurs le jugement d'autrui est réservé à qui ? Peut-être que c'était tout simplement mon amour éternel pour elle qui me frustrait ces jours-là ?

Allongé sur le canapé, me voilà perdu dans mes pensées. Je me suis souvenu du premier jour où Amandine s'est laissée kidnapper par son esprit au travers de « life on mars ». De la vie sur Mars ? J'ose y croire… Là, j'ai rêvé à cette journée, notre première journée suivie d'une nuit blanche chez

Manu. Les larmes sortaient toutes seules et pour une fois je n'essaie pas de les retenir. Je pleure, tout simplement je pleure comme n'importe quel être vivant formé de cœur et de chair. Chose que je n'avais pas réussi à faire pendant un mois, je me vide. Vide de tout mauvais sentiment, vide de bonnes et mauvaises intentions, vide mon âme de tout ce que la vie avait fait pour et contre mon existence. Vide ma conscience que je n'avais jamais eue tranquille, vide de toute remise en question, des mauvais choix que j'avais faits depuis que j'étais en âge de décider de ma route. Mon corps s'est vidé de tout ça, comme après six mois de thérapie. Juste des regrets, des remords et des larmes. Moi qui prêche contre les regrets et les remords, je suis un être humain et je ne peux les éviter.

Seule la pendule, encore elle, m'a sorti du syndrome de la déprime passagère. Il était un peu plus de dix-neuf heures, j'avais encore du temps, le Bali n'était qu'à dix minutes à pied de chez moi, mais il me fallait tout faire pour enlever les stigmates de ma tristesse. J'ai changé la compil, j'ai mis quelques morceaux d'Otis Redding, Aretha Franklin et je me suis déplacé vers la salle de bain au rythme de « I've Been Loving You Too Long (To Stop Now)[12] » et contrairement à son

---

[12] *I've been loving you too long (to stop now).* (Je t'aime depuis trop longtemps pour arrêter maintenant) 1965 auteur-

texte et son rythme mélancolique, je me suis laissé emporter par la fougue musicale et j'ai plus crié que chanté...

Par la musique, comme pour toute épreuve que j'ai eu à affronter dans ma vie, la joie de vivre revenait. Je me suis surpris à danser devant la glace sur ces vieux rythmes endiablés. Même mon arcade recouverte d'un pansement me donnait le sourire. Elle ferait partie des anecdotes de cette journée. Je me voyais déjà expliquer à Amandine ma mésaventure. Je n'avais plus l'intention de cacher mes sentiments les plus forts et les plus fous. J'allais lui expliquer pourquoi j'ai couru à la porte, mes tracas de la nuit précédente, mon émerveillement quand j'avais ouvert les yeux la veille au soir et qu'elle se trouvait là accoudée au piano. J'avais du mal à mettre des mots à la valeur de mon sentiment juste après son annonce. La joie et l'apaisement que j'ai ressentis quand je suis revenu au piano et que j'ai joué mes plus belles notes. Je n'avais pas fermé les yeux une seule fois pour ne pas la perdre du regard, de la voir sourire, pleurer, tout simplement vivre. De la colère que j'ai eue quand elle s'est levée et qu'elle m'a dit « on se phone ». De la nuit blanche, de mon premier footing depuis bientôt trois ans. Des heures passées à attendre son signe de vie, du

---

compositeur Jerry Butler et Otis Redding, interprète Ottis Redding

facteur. De mon moment de détresse sur le canapé à celui du délire dans la salle de bain. J'avais trop enfoui mes sentiments face à Amandine pour ne pas être oppressant, mais c'est moi, c'est entièrement moi. Cet esprit à fleur de peau, cet extrême besoin de ne pas déplaire aux personnes que je rencontre. Ma sensibilité ancrée en moi depuis ma tendre enfance. Ce besoin de faire plaisir et de m'en rendre heureux. Je voulais qu'elle me découvre enfin. Quitte à lui faire peur, ne plus me cacher derrière des sentiments quelconques, aucune gêne, ce soir-là Amandine allait découvrir Clément !

« Ce qui empêche de trouver
le bonheur, c'est peut-être
de le chercher ! »

Vingt heures précises me voilà devant le Bali, Amandine est déjà attablée à notre place habituelle. Sa ponctualité démontre bien que ce n'est pas un repas comme les autres. Elle est dos à la vitrine, mon cœur bat si fort, il faut que je maîtrise mes émotions.

Je franchis le seuil, je m'approche de la table. Je passe la main sur l'épaule d'Amandine, elle sursaute. Elle se lève et me fait un bisou sur la joue gauche tout en me serrant dans ses bras. Je sens dans cet accueil énormément d'affection. Je ne savais pas comment allait se passer notre premier contact mais je pense que je n'aurais pas fait mieux.

Je me suis assis face à elle, sans pouvoir cacher ma belle cicatrice matinale.

— Qu'est-ce qu'il s'est passé Clément ? Tu t'es battu ? Tu t'es fait agresser ?

— Non Amandine, rien de tout cela. Je me suis juste cogné contre le montant de la porte de la salle de bain…

Elle a d'abord souri puis éclaté de rire. C'était son péché mignon de voir quelqu'un tomber dans la rue ou de se cogner par inadvertance. Parfois j'arrivais à rire avec elle de ces moments volés aux personnes malchanceuses. Peut-être qu'on se disait, que pour une fois, ce n'était pas nous les maladroits…

Malgré l'attitude que je m'étais promis de tenir avant ce rendez-vous, je n'ai pas osé lui raconter pourquoi je m'étais cogné, je ne voulais pas la pousser dans ses retranchements avant qu'on ne discute du sujet de la soirée. Il y a eu d'abord un long silence, rempli de gêne, jusqu'à l'arrivée du serveur qui est venu prendre la commande de l'apéritif. J'avais besoin d'un alcool fort alors j'ai pris directement un double whisky, sans compassion pour Amandine qui dut se contenter d'un cocktail de jus de fruits.

— Comment te sens-tu Amandine ?
— Je ne sais pas trop, mélangée de sentiments divers. Je ne dors que très peu depuis que j'ai découvert que je suis enceinte. Pas à cause des troubles que cela peut occasionner mais juste parce que mon esprit ne se repose plus. Je me suis repassé les dix neufs mois de notre histoire, jour après jour pendant un mois et encore plus ces

derniers jours. Je n'ai cessé de penser à toi et à nous. Je me suis revue dans l'attente du premier rendez-vous, du premier regard que tu porterais sur moi. Ce condensé de sentiments jusqu'aux premiers mois de notre histoire. J'ai cru en nous et tu m'as enfin donné l'opportunité d'exister aux yeux d'un homme.

Avec toi j'ai su immédiatement que cela serait différent. D'où mes craintes à franchir le pas. Je ne voulais surtout rien gâcher de nos débuts. Ta sincérité me touche. Nous nous étions dit de toujours être francs et nous l'avons été. Les jours sont passés ensuite, les uns bien attachés aux autres, comme un petit train que nous avons pris ensemble pour nous emmener vers un terminus dont nous ne connaissions pas l'existence. Ce sont, et sans me forcer à le dire, les plus beaux jours qui m'ont été donnés à vivre.

Les matins à sentir l'odeur de ton très bon café, les déjeuners sur la table du salon, nos répétitions interminables autour du piano pour être fin prêts pour les jours J. Justement ces jours J, où j'ai réellement pris conscience que la musique comptait pour moi. Ces évasions à travers mon esprit et mon corps que tu m'as fait vivre. Ces moments passés à ne pas toucher terre, à me découvrir autrement, à me découvrir tout simplement. J'ai pris conscience que nous n'avons qu'une seule vie, sans réincarnation pour rattraper les moments perdus, les moments oubliés par le manque de temps, par l'empressement de la vie quotidienne.

J'ai continué à montrer mes sentiments au travers de simples signes de la tête et de quelques sourires dispersés. Ses mots m'ont touché. J'avalais ma salive à mesure que je retenais mes larmes en me rappelant ces souvenirs. Je les laisse dérouler comme un film, hormis notre dernière discussion jamais Amandine ne s'était livrée et j'avais besoin de connaître, à ce moment-là, tout son ressenti sur notre histoire quel qu'il soit…

Tu te souviens après notre première nuit je ne t'ai pas donné de nouvelles tout de suite mais seulement trois jours après. J'avais besoin de digérer ce trop-plein de sentiments, bons ou mauvais. Ces doutes qui m'envahissent à chaque nouvelle rencontre. Mais les preuves d'amour que nous nous sommes apportées mutuellement au fil du temps sont venues rapidement les recouvrir. Comme je te le disais, les jours se sont suivis, et le quotidien nous a rattrapés, cela n'était pas pour me déplaire, mais je voyais bien que tu avais envie d'autre chose. La vie des gens normaux arrivait à grand pas. Cette vie qu'on a essayé de renier tout au long de nos journées et des mois passés ensemble. Mais elle était bien présente et malheureusement, Clément quoi que tu fasses, cette vie sera présente un jour ou l'autre si tu fais le choix de la vie de couple. Je sais que tu n'aimes pas cette expression mais on peut dire à ce moment-là que « c'est comme ça ». La vie est faite de surprises, mais malheureusement pas quotidiennes comme tu le souhaiterais. En demander plus serait forcer les choses. Je ne te fais pas une psychanalyse en direct…

Je me rappelle avoir souri tout en me disant que j'en aurai peut-être besoin d'une justement…

Lors de notre dernière discussion chez toi je t'ai dit que je n'étais pas faite pour ce monde-là. J'ai essayé, et j'avoue que cela m'a bien plu par moment, voire souvent. Mais le retour dans le monde réel me fait mal. La chute est trop grande. Je pense, et tu me diras si je me trompe, que contrairement à moi, tu ne reviens jamais entièrement dans ce monde. Tu as toujours ne serait-ce qu'un orteil encore de l'autre côté qui te donne cette insouciance ou ce retrait sur les choses. Ce comportement que je n'arrive pas à avoir et que parfois je t'envie sur certains sujets. Tu arrives toujours à tirer du positif dans tout malheur. Cet état d'esprit là, garde le bien en toi. J'ai noté une citation de Delphine de Girardin que je voudrais te lire. Tâche de ne pas l'oublier :

« Sachez comprendre avec intelligence les jouissances passagères que le hasard vous jette, que votre caractère vous donne ou que le ciel vous envoie, et vous aurez une existence agréable. Pourquoi toujours regarder à l'horizon, quand il y a de si belles roses dans le jardin que l'on habite ? Eh mon Dieu ! Ce qui empêche de trouver le bonheur, c'est peut-être de le chercher ! ». Lettres Parisiennes, le 14 juin 1837

Ne vois pas dans mon monologue un quelconque jugement. Je cherche tout simplement à t'apporter tout ce que je peux encore. Parce qu'il me reste certainement, au fond de moi, de l'amour pour toi, mais surtout de la compassion, une énorme affection et des sentiments scellés au fil du temps dans certains quartiers de mon cœur. C'est par amour que j'ai préféré te quitter. Te savoir triste me rend triste, te savoir heureux me rend heureuse également. Je ne cherche que ton bonheur comme tu as cherché le mien et le temps que Dieu nous donnera sur cette terre. Je veux que tu me regardes dans les yeux Clément, et que tu me dises après mon choix ce que tu ressens à l'instant. N'essaie pas de me ménager, livre-moi tes sentiments et ouvre-moi ton cœur une bonne fois pour toute. N'aie crainte de l'après. Promets-le-moi !...

J'ai acquiescé encore une fois, pas par manque de courage, mais aucun mot ne peut sortir de ma bouche à cet instant.

Clément sache que j'ai envisagé toutes sortes de situations, pesé le pour et le contre, le meilleur et le pire. Pendant ce dernier mois, j'ai voulu me persuader d'être sur la voie de la guérison. De ne plus avoir besoin de ta présence à mes côtés, de te parler, de te voir... Je me suis trompée. L'empreinte de notre histoire est indélébile. Je veux en faire quelque chose de beau, unique, sans conséquence pour la suite de notre existence et de nos reconstructions respectives. Sans douleur, sans retour à la case départ, sans arrachement, sans nouvelle séparation. Une relation douce et complice.

Clément, nos peaux ne s'effleureront plus. Nos lèvres ne se mêleront plus. Seuls nos yeux parleront d'eux-mêmes... Je veux qu'on garde cet enfant Clément. Ce cadeau que la vie nous a fait. Notre rencontre puis notre enfant, nos vies sorties d'un roman. Mais nous ne redémarrerons pas de zéro. Je veux qu'on garde cet enfant et qu'on l'élève séparément. Cela peut te paraître fou, d'habitude les histoires commencent par la rencontre, l'enfant puis la séparation s'il y a. Les cycles de la vie sont aujourd'hui inversés. Notre enfant sera heureux avec deux parents heureux. Notre séparation a été pour moi une déchirure, quoi que tu puisses en penser. Je ne veux pas te perdre totalement. Gardons ce que nous avons en nous d'honnête, de franc l'un envers l'autre. Notre affection commune, l'amour s'estompera certainement au fil du temps et de la reconstruction.

Elle a repris son souffle et dans un dernier élan a ajouté.

— Merci Clément de m'avoir écoutée et de m'avoir laissée parler librement. Maintenant comme je te l'ai demandé, je voudrais que tu me dises ce que tu en penses du fond du cœur. Je te laisserai parler comme tu l'as fait, et je répondrai à chacune de tes interrogations.

« L'homme de la maison,
le père de notre enfant »

Me voilà revenu dans un néant plus profond que les lendemains de notre séparation. J'avais cru bon d'envisager toutes sortes de situations le matin même devant la glace de la salle de bain. Mais non, voilà, Amandine m'a surpris, et une fois de plus j'étais abasourdi. Au fur et à mesure de son annonce mes larmes montaient, parce que je pensais qu'elle me dirait en définitive : *« Tu comprends bien Clément que nous ne pouvons pas garder cet enfant ... ».* Mais quand la conclusion fut tombée, plus rien, plus de réaction possible, qu'un regard persistant dans les yeux d'Amandine. Un regard vide de tout sens, de toute expression. Puis ce long silence.

Je ne me suis même pas rendu compte que pendant le monologue d'Amandine, j'avais fini mon assiette et pour une des rares fois, je n'ai rien laissé à jeter au plongeur de la soirée. Je ne voulais pas me tromper dans les premières phrases qui allaient montrer mes vraies émotions. Je savais que ce n'était pas ces mots qui allaient décider de notre avenir, mais je m'étais promis quelques heures auparavant de dire ce que j'avais sur le cœur et d'essayer de la convaincre autant que possible.

Alors après le dessert, je me suis lancé, sans trop réfléchir. Juste mon cœur, juste mes sentiments, mon embarrassante sensibilité, moi entièrement, sans filtre. Elle m'a demandé d'être franc et de m'ouvrir. Alors, je me suis ouvert le corps pour montrer mon immortalité à celle qui me voulait plus vivant qu'un moribond. J'ai saisi mon cœur dans la paume de ma main droite. J'ai pris mes angoisses et ma retenue dans l'autre main et je les ai serrées plus fort que jamais. Peut-être que ce jour-là, je les ai étouffées pour toujours.

— Par quoi commencer Amandine ? J'ai retenu mes larmes tout au long de tes paroles et des maux qu'elles pouvaient générer en moi. Je suis déstabilisé.
Comment réagir, j'ai anticipé le meilleur comme le pire, voilà que tu me proposes ou m'imposes l'entre-deux. Je pense que j'ai besoin de recul et d'analyse. Sache que je respecte ton choix autant que je te respecte. Ta franchise m'a souvent surpris au début de notre rencontre, parfois, elle devenait envahissante mais c'est avec ce trait de caractère que nous avons avancé dans la vie. Pour tout dire, et tu le sais déjà, je suis quand même déçu. Tu imagines bien que je voulais que notre couple refasse surface, quitte à prendre l'excuse du bébé.

Mais j'ai surtout envie de te reconquérir, de te montrer encore plus mon amour pour toi, te prouver que je peux être un bon père et un mari idéal.

— Un mari ?

— Oui, enfin tu vois ce que je veux dire…

Ce mot n'était pas calculé… Lapsus ?

— Quand je dis mari, je veux dire ton homme ! L'homme de la maison, le père de notre enfant. Et peut-être, oui, un jour ton mari. Ce n'est pas une proposition, je m'excuse, ma maladresse vient se mêler à l'émotion.

Ne trouvant plus les mots, je lui ai demandé de me laisser un peu de temps pour réfléchir. Nous nous sommes quittés ce soir-là les yeux remplis de larmes, de joie, de tristesse, d'affection. Nous nous sommes serrés très fort, j'ai ressenti encore sa taille fine, les côtes prêtes à être broyées par la force de mon amour. Je lui ai laissé un baiser sur la joue et je lui ai dit :

— Donne-moi quelques jours pour retomber sur terre. Je te promets, je t'appelle ou je te lance une invitation et peut être même un CAP ou pas CAP…

Cela a eu au moins le mérite de la faire sourire.

« Simplement le silence, l'écriture et la musique »

La nuit fut courte. Je suis resté à la table du salon, le clavier et mon écran comme seule compagnie, j'ai écrit. Des textes, des poèmes, des chansons. Ma tête en fusion, les lettres se suivent, les mots s'enchaînent et la vie s'écrit. Comme la veille au matin où par les larmes j'avais évacué mes angoisses. Là, par l'écriture j'ai évacué mes doutes. J'ai pris les mots qui me répugnaient le plus et je les ai vidés de toute âme…

Le réveil fut encore plus compliqué que la veille. J'ai appelé mon patron pour lui dire que je ne pourrai pas jouer ce soir-là. La fatigue et mon esprit lourd de questions avaient engourdi mes doigts de pianiste. J'ai bu un grand bol de café puis je suis resté des heures entières sur le canapé à réfléchir et à imaginer la situation qu'Amandine me proposait. J'ai essayé d'analyser, comme elle, notre relation, dans les coins et recoins de son diagnostic. Je nous ai regardés d'un œil extérieur.

Et j'ai eu beau chercher mille et une excuses, Amandine avait fait de nous une vérité.

Il me restait tout de même la meilleure partie d'Amandine, tout ce qui reste après que l'amour se soit essoufflé : son affection.

J'ai repris mon ordinateur et j'ai eu besoin d'écrire encore et encore. J'avais besoin d'une thérapie immédiate et seule l'écriture me donnait des réponses.

J'avais espoir de retrouver son amour, cette flamme des premiers jours. L'espoir que sous ces cendres se cache une braise survivante et assez chaude pour refaire jaillir le feu que nous avons oublié d'entretenir. Tel le vent d'Autan qui peut rendre fou, j'ai soufflé pendant neuf mois sur ces cendres avec l'espoir de redonner assez d'oxygène au brasier qui était jadis bien plus important que les brindilles qui se consumaient au quotidien.

Je suis resté du jeudi au lundi seul dans mon appartement. J'ai inventé auprès de mon patron une voix passagèrement fuyante… Il n'a pas été difficile à berner, ce n'a pas été le cas d'Amandine. Elle savait qu'en grande perturbation, je ne disais rien, le silence m'apaisait. Simplement le silence, l'écriture et la musique. Mais ces quatre longues journées n'ont été nourries que de silence. Les nombreux messages et appels d'Amandine sont restés sans réponses. Incapable de lui dire *« tout va bien »* ou *« je ne suis pas bien, le silence s'impose »*. J'ai fait le vide autour de moi, je me suis remis en question. Mis mes sentiments dans la balance d'un orfèvre, les bons les mauvais, les tristes, les gais, les souvenirs, ma dépendance à sa présence, et mon ennui en son absence. Puis j'imaginais le sourire de notre enfant, ses doutes, ses pleurs, son premier « papa », « maman », ses premiers pas. Sa première rentrée scolaire, mon stress et mes angoisses, aimera-t-il la musique ?

C'est là que j'ai réalisé que le plus important était que nous rendions notre enfant heureux. Si maintenant notre vie doit utiliser comme sujet un « nous » qu'il soit à deux ou à trois, j'allais enfin pouvoir utiliser ce pronom dont je rêvais tant. La nuit du lundi a été d'un apaisement total, mon esprit enfin au repos, en paix avec lui-même. De savoir que dans ma réponse, j'allais tout de même la garder proche de moi toute ma vie me donnait la boule au ventre des premières rencontres. Malgré tout, je gardais l'espoir qu'elle change d'avis pendant les huit mois qui restaient.

Le réveil n'a pas eu besoin de me sortir de mon sommeil. J'avais pris soin de laisser les volets ouverts pour me réveiller en douceur aux premières lueurs de l'été. Je suis resté dans mon lit pour appeler Amandine.

— Bonjour Amandine, comment tu vas ? Désolé de ne pas t'avoir donné de nouvelles ces derniers jours mais j'avais besoin de m'isoler.

— J'avais compris, je te connais quand même un peu.

— Peux-tu me rejoindre ce soir chez Manu ? J'ai bien réfléchi à tout ça et j'ai besoin de te le dire autrement que par téléphone.

— Ok Clément, disons après manger, vers 21h30 ? Mais tu ne travailles pas ce soir ?

— Heu, non. Tu ne l'as pas remarqué mais ma voix me fuit de temps en temps…

— Ah, oui je vois, je vois…

J'ai passé ma journée sur mon piano, j'ai écrit, joué, écrit, joué des pages et des pages de partitions et de mots. J'ai pris soin de mettre l'alarme de mon téléphone à 20h, parce qu'une fois parti dans mon monde, les heures n'avaient plus de vie.

« Une vie sur une partition, sur des mots, des notes et toute ma sincérité »

Je suis arrivé chez Manu. Cela faisait quelques semaines que je n'y étais pas allé. Les derniers moments avec Amandine ont été plutôt calmes niveau sorties et depuis notre séparation je n'ai pas voulu affronter le regard de Manu.

20h45, je pousse la porte, il n'y a pas beaucoup de clients. Manu m'accueille avec un grand sourire, m'embrasse fort. Il se recule, regarde derrière moi et…

— Où est Amandine ?
— Elle ne va pas tarder à arriver mais tout d'abord j'ai besoin de te parler en privé.

Clarice qui s'était approchée a compris le message et regagne le comptoir. Nous nous sommes installés au fond du bar, au même emplacement que la première soirée avec Amandine.
— Que t'arrive- t-il Clément tu m'inquiètes un peu là… !

— Rien de grave, rassure-toi. J'ai besoin de te confier des choses et que tu sois, pour un instant de la soirée, mon complice.

Je lui ai raconté dans les grandes lignes notre histoire et en particulier la fin et le début de la nouvelle. Il a écouté avec attention parfois en souriant et parfois avec le mouvement du sourcil qui indique l'incompréhension. Mon complice, était fin prêt pour l'annonce.

21h30, Amandine pousse la porte d'entrée, elle est à l'heure. J'ai la boule au ventre, je la trouve plus belle qu'avant. Une femme ! Son visage resplendissant masque l'inquiétude qu'elle porte en elle depuis un mois déjà… Clarice lui indique notre table. Au rythme de ses pas, mon cœur se détache, mélangé de tristesse de ne pas pouvoir l'embrasser à son arrivée, et de joie qu'elle soit là présente à mes côtés. Manu se lève pour partir à sa rencontre et nous laisser seuls par la même occasion. Je me lève à mon tour, lui offre mes bras qu'elle ne refuse pas et nous nous serrons très fort.
Ces cinq derniers jours d'abstinence totale avaient créé un manque intense. Elle s'est assise face à moi, le sourire des premières heures, juste le côté droit, pas le sourire intégral.

— Je te commande un bon cocktail de jus de fruits ?

— Avec plaisir, j'ai très soif.

Nous avons bavardé de choses et d'autres, j'éloignais le sujet principal dès que je le sentais arriver. Je ne souhaitais pas l'aborder autrement que comme je l'avais prévu. Les minutes défilaient lentement et Manu tardait à remplir sa part de contrat… Amandine a remarqué mon regard soutenu vers mon complice d'un soir et d'une vie, mais dans le doute d'une réponse gênante elle ne me questionna pas.

Enfin, Manu passe enfin devant le pianiste, lui fait un clin d'œil, puis s'approche de notre table.
— Clément, ça te dirait de nous jouer un petit morceau, pendant la pause du pianiste ?
Mes talents de comédien étant limités, Amandine m'a avoué plus tard qu'elle avait bien compris le manège.
— Oui Manu pourquoi pas ? Je m'excuse Amandine, je fais juste une chanson et je reviens.
Tout en esquissant un sourire de compréhension, Amandine m'a répondu :
— Tu sais que les choses comme ça ne me gêneront jamais Clément.

Je me suis approché du piano, les mains tremblantes. Le texte que j'allais lui offrir était la décision de ma vie. Une vie sur une partition, des mots, des notes et toute ma sincérité.

Le futur nous rapproche

Depuis ce jour de Juin
Quand ton visage m'est réapparu,
Au réveil du matin
Mon corps est vide et nu.

Ma mémoire future me joue des tours,
Je ne sais qui j'étais, qui je suis et serai.
Je veux « avoir été », et être à mon tour,
Quelqu'un de fier, droit et respecté.

La sagesse me fait défaut
Quand dans la journée je pèse mes maux.
Une seule question de ta part
A mis mon âme et mon cerveau dans le hasard.

Tu me proposes la plus belle chose de ma vie,
Seules les lignes du contrat me contrarient.
Entre nous jamais de sous-entendus
De trahison et lâcheté nous sommes dépourvus.

Serai-je capable de partager sans toi
Les moments de vie que le destin nous offre ?
Mon cœur et mes sentiments pour toi
Sont bien au chaud dans un coffre

Je ne te verrai plus le matin,
Au réveil ou dans un bain.
Mais je sais que cet enfant aura ton regard,
Ton sourire, ta peau et tes retards.
Amandine par ce texte et ces notes,

Je veux que notre vie soit scellée.
Sens mon estime pour toi la plus haute,
La venue de notre enfant j'ai accepté.

Pleure, ris, continue à être celle que j'ai connue
Comme la femme de mes rêves éperdus.

J'ai chanté sans fermer les yeux. J'ai fixé le regard d'Amandine. C'est la première et dernière déclaration de cette sorte que je lui ai faite. Les autres personnes de l'assistance sont restées dans l'expectative. Je me suis levé j'ai regagné ma place, toujours le regard fixé sur Amandine. Elle s'est levée à son tour, a marché vers moi et m'a serré fort. J'ai entendu dans le creux de l'oreille « je t'adore ». Ce « je t'adore » couvert par les applaudissements des clients à qui j'avais vendu une part de rêve, n'était pas un « je t'aime », non « je t'adore » avec tout ce que cela inclut. « Je t'adore » n'est pas de l'amour mais a une importance autrement plus grande à mes yeux. On adore un ami de toujours, un proche à qui on tient. Amandine et moi n'étions pas des amis de toujours ni des proches. Non, nous avions vécu quelque chose de fort. Et de l'amour, il en est resté l'adoration. Sentiment propre, sain et inhibé de tout autre qualificatif.

Je me suis retourné vers le bar pour dire merci à Manu, j'ai cru le voir s'essuyer discrètement ses yeux, et Clarice n'a pas pu cacher ses larmes. Je les ai regardés et j'ai souri en guise de remerciement sincère. Parfois un regard en dit plus que des mots. Nous ne nous sommes pas éternisés ce soir-là, un besoin commun de se retrouver seuls tous les deux a été plus fort que tout.

« *Ferme les yeux Amandine* »

Sur le chemin du retour Amandine s'est rapprochée de moi, pour y retrouver un réconfort ou que sais-je ? J'ai posé mon bras autour de son cou, elle a posé sa tête sur mon épaule. Des flashs de notre première balade dans le parc défilaient à mesure que ses ongles effleuraient le coton de ma chemise. Des frissons me couvraient la peau, mon bras serrait son épaule puis ses pauvres côtes que j'ai martyrisées à plusieurs reprises. Nous voilà devant la porte de ma résidence, face au présent identique au passé. Les dix minutes qui nous séparaient de chez Manu ont été guidées par le mouvement perpétuel de pas, rythmés par une respiration que nos cages thoraciques ne pouvaient retenir.

« *Veux-tu monter ? Un dernier verre ? Veux-tu rester dormir chez moi ?* » Toutes les questions que j'aurais pu aborder n'auraient été pourvues que de sous-entendus d'une étreinte programmée par notre dernière balade.

Amandine a repris le dessus. Elle s'avance face à moi, ses yeux larmoyants, ne dit aucun mot, serre mon visage entre ses douces mains. Mon cœur bat si fort, si fort, elle m'embrasse le nez, puis une joue, puis une commissure… Je sens ses lèvres une nouvelle fois, celles que je ne pensais jamais plus effleurer de mon existence. Celles qui m'ont fait craquer lors de son premier sourire, de notre premier baiser. Je caresse sa nuque, je me retire un peu pour voir ses yeux. Ils sont fermés, seule sa pensée m'observe, j'approche mes lèvres à mon tour, plus qu'un millimètre, son refus n'est toujours pas présent, je sens l'air sortir de sa bouche, je l'embrasse…

Aux yeux des passants nous étions redevenus deux jeunes adolescents éperdus d'un premier amour fou. Je ne sais combien de temps a duré notre baiser, une éternité, une minute, un siècle ? A vrai dire la durée n'a aucune valeur dans un instant d'une telle intensité…

Je lui prends la main puis de l'autre j'entame le code de la forteresse moderne. Amandine me lâche subitement les doigts. Je me retourne, je la regarde, son visage est redevenu terre à terre.

— Que t'arrive-t-il Amandine ? Tu préfères qu'on en reste là ? Dis-moi je ne sais plus…

— Non Clément, je ne veux pas en rester là ce soir, mais je ne veux pas revenir dans notre ou plutôt ton appartement. Je n'ai pas envie de me séparer de toi. Mais pas chez toi ni chez moi. L'émotion serait trop grande et viendrait prendre le dessus sur ce moment que je veux garder naturel et intense.

Ni une ni deux j'ai saisi la main d'Amandine, sifflé le premier taxi qui passait à ce moment-là.
— 20 Rue des Anges s'il vous plaît.

Amandine m'a tenu la main et n'a posé aucune question durant les quinze minutes du trajet, le désir l'emportait sur le « si ? ». J'avais repéré un hôtel en me promenant dans la ville, un soir de bohème. Je m'étais arrêté devant l'hôtel Gabriel. D'un standing et d'un charme absolu. J'avais laissé aller mon imagination devant la photo d'une chambre. Le groom m'observait et se demandait si j'allais finir par rentrer ou si j'attendais quelqu'un mais non je rêvais, je rêvais… et ce soir, me voilà dans le taxi direction Gabriel, le messager de Dieu. Fallait-il y voir un signe ?
Le taxi nous a déposés. Il est minuit trente. Sa façade pure, blanche illuminée de différentes couleurs, te portent dès le seuil d'entrée dans un sommeil profondément agréable. L'hôtesse nous accueille avec des mots enveloppés par des gants de soie, que nous n'avions pas l'habitude d'entendre. Mais pour ne pas nous faire remarquer, nous jouons au vieux couple habitué du luxe et de luxure… Ce petit jeu nous a fait bien rire en prenant l'ascenseur. Nous retrouvions peu à peu notre complicité qui faisait de nous le couple envié de nos amis.

Sur le palier de la chambre, les sourires se sont effacés pour faire place à l'éclosion d'un stress inattendu. J'ai timidement poussé la porte et j'ai aperçu son charme, son odeur, sa tendresse, sa chaleur. Une chambre d'un blanc angélique. Alors je me suis tourné et je lui ai dit :

— Ferme les yeux, Amandine

Un peu surprise par ma demande, elle s'est exécutée sans dire un mot. Je l'ai laissée passer en premier en posant mes mains délicatement sur ses yeux pour être sûr qu'elle ne triche pas. Nous sommes entrés à pas feutrés et j'ai refermé la porte derrière moi.

Nous y sommes ! Je retire mon cadenas de son regard. Je pose mes mains sur les siennes et la serre dans mes bras. Je sens son corps tremblant, sa respiration intermittente, je m'approche de son cou, sens son odeur, et je lui dis dans le creux de l'oreille :

— Tu peux ouvrir les yeux.

Tout en restant immobile elle a épié les quatre coins de la luxueuse chambre. C'est alors qu'elle se retourne vers moi, me regarde profondément dans les yeux comme jamais et me dit :

— Embrasse-moi Clément !

Ses lèvres à la fois douces et rageuses de manque d'amour, baisers d'un premier jour, d'une première fois, d'un amour inavoué enfin réalisé. Nous sommes debout, l'un contre l'autre, elle enlève ma chemise, j'en fais de même, enfin nos peaux s'effleurent à nouveau. Je repense alors furtivement à sa déclaration de quelques jours auparavant *« Clément, nos peaux ne s'effleureront plus. Nos lèvres ne se mêleront plus. »* La boule au ventre revient, celle de l'amour, du manque. Nous nous étendons sur le lit recouvert de coussins, nous faisons l'amour comme jamais à la fois tendre et sauvage.

Ma conscience refait surface pendant notre étreinte. Je me vois monter dans un avion pour sauter en parachute, avec ce moment intense de la chute libre. Accroché à la ligne de vie de la carlingue, je m'aperçois que j'ai peu de chance que mon parachute s'ouvre à temps voulu. Mais l'adrénaline que j'éprouve est trop forte et la raison est minoritaire. Alors j'ouvre le mousqueton et je plonge dans le vide. Dans les premiers temps je me préoccupe seulement de prendre un plaisir inqualifiable, seule la raison vient de temps en temps bousculer cette intensité. Mais je vois le sol se rapprocher, le parachute s'ouvrira-t-il ?

« Sentir le bébé faire signe de vie au monde extérieur »

Samedi 30 août, le parachute ne s'est pas ouvert, seul un grand matelas m'attendait au sol. Fracture des quatre membres, seul l'espoir me maintient debout. La convalescence sera longue. L'été est passé, emportant avec lui cette nuit de Juillet où nos corps se sont dit adieu. Le ventre d'Amandine devient de plus en plus rond et de plus en plus beau. Elle accepte ses nouvelles courbes.

C'est le jour. Aujourd'hui nous saurons si le fruit de notre vie sera une fille ou un garçon. Pour les premières échographies, c'est la maman d'Amandine qui a été conviée, mais celle-là nous appartient. Nous mangeons ensemble une fois par semaine, en général le mardi soir, nous avons pris un rythme régulier. Rendez-vous 19h30 soit au Bali, soit dans une nouvelle brasserie branchée du quartier. Nous n'avons jamais reparlé de l'hôtel Gabriel, peut-être pour ne pas abîmer ce souvenir. Nous nous étions réveillés le matin, gênés d'ouvrir les yeux et de se retrouver face à face, mon bras sur son ventre et sa main sur la mienne. Gênés par l'absence de passion qui nous avait emportés toute la nuit, par le retour sur terre et les réponses écrites dans nos yeux. J'ai repensé à sa phrase de la veille « Je n'ai pas envie de me séparer de toi ce soir. » J'ai compris dans ce regard toute la valeur que « ce soir » prenait. Elle avait déjà mis un terme à ce qui n'avait pas encore (re)commencé. Elle m'a embrassé sur le front, s'est enroulée autour de la couette douce et blanche puis s'en est allée dans la salle de bain. J'ai regardé, sur le reflet du miroir, Amandine prendre sa douche. J'ai profité des courbes de son corps. L'eau ruisselait sur ses traits que je ne verrai plus. Sa poitrine que j'aimais tant, sa nuque, la cambrure de son dos. Elle m'a seulement laissé durant ces derniers mois, toucher la peau de son ventre pour sentir le bébé faire signe de vie au monde extérieur.

Rendez-vous pris pour 14h. Le stress monte comme le jour d'une épreuve du bac. Je prends ma petite Fiat 500 pour récupérer Amandine qui m'attend déjà au pied de son appartement. Elle est surexcitée, elle a passé la moitié de la nuit à lire et relire le fameux bouquin des futurs parents « Les mille et un prénoms ». Alors le trajet est nourri de propositions de toutes sortes. Fille ou garçon, prénoms modernes encore inconnus dans le calendrier, jusqu'aux plus anciens qu'on ne trouve plus que sur les pieds de plâtre de saints oubliés.

Dans la salle d'attente, Amandine s'est levée pour se servir un verre d'eau mais elle est subitement tombée à mes pieds. Moment de panique dans mon corps et mon esprit, moi qui n'aime déjà pas l'odeur d'absence de vie du milieu hospitalier. Immédiatement, les infirmières ont pris Amandine en charge qui a rapidement repris ses esprits. Retour à la normale de la tension quand elles m'ont rassuré sur la fréquence des malaises chez les femmes enceintes. Ce fut son premier…

Le praticien est sorti de son bureau et a appelé Amandine. L'accueil était chaleureux, tout pour me mettre dans des conditions optimales pour la première rencontre avec mon enfant. Le médecin lui a prescrit tout d'abord quelques vitamines et du repos. Puis nous sommes passés de l'autre côté du rideau. Il a allumé l'écran, a préparé la crème sur la caméra.

— Nous y voilà ! Te voilà ! Mademoiselle, Monsieur je vous présente votre fils !

J'ai saisi la main d'Amandine, et regardé l'écran pour capturer cette image telle une photo de famille que nous ne possèderions jamais. J'ai gravé dans ma mémoire cet instant de vie, une larme m'a surpris le long de ma joue.

Consultation terminée, nous sommes partis de la clinique. Amandine ne se sentait pas bien et souhaitait que je la raccompagne afin qu'elle puisse s'allonger.

— Un fils ! Lui dis- je en entrant dans la voiture.

— T'es heureuse Amandine ?

Son regard est resté évasif.

— Oui Clément, mais qu'importe fils ou fille, je veux qu'il soit heureux et surtout en bonne santé.

Sa réponse a rajouté vingt ans à ma joie d'adolescent. Son inquiétude dépassait tout autre sentiment.

— Tu veux qu'on revienne à la clinique ?

— Non ne t'inquiète pas, c'est de la fatigue. J'ai peu dormi cette nuit plus l'émotion de l'échographie, j'ai besoin de repos.

Je l'ai accompagnée jusqu'à son appartement qu'elle m'a enfin fait visiter. Au fur et à mesure de la visite, son sourire revenait à l'idée d'un petit errant dans les couloirs. Une seule pièce est restée fermée.

— Ce sera la chambre du petit, me dit-elle. Pour le moment c'est mon bureau.

Nous avons pris un café ensemble, et le sujet des prénoms arriva avec un but plus précis qu'au voyage aller. Nos goûts différaient tout de même. Plus les pistes avançaient et plus la voie sans issue se prononçait. Aucun de nous ne voulait donner son accord sur le choix de l'autre.

— Amandine, ce n'est qu'un premier jet, ne nous agaçons pas. Il reste quelques mois devant nous encore pour trouver le prénom qui nous conviendra.

Ce soir-là, je suis retourné chez Manu, le piano bar où je travaillais était fermé pour travaux.

— Salut Manu

— Oh toi, tu as une forme inquiétante ou inhabituelle…

— Ça y est Manu !

— Ça y est quoi !?

— Ce sera un garçon !...

Me voilà à la place d'Amandine cette fois ci. Manu m'a pris dans ses bras une côte flottante entre chaque doigt, et mes pieds battaient l'air comme un gamin sur un grand tabouret… Je ne sais pas si c'est le fait que ce soit un garçon mais Manu était heureux comme un enfant. Il était heureux pour nous, cela se voyait et c'était sincère. Alors pour fêter ça, nous avons fini à pas d'heure, goûté tous les alcools que la clientèle, même adepte des boissons étranges, ne voulait pas.

Je me suis réveillé le lendemain matin habillé sur mon lit et une usine à concasser des pierres dans le crâne. Il me serait impossible de coucher sur ce papier le retour et même la fin de soirée. Peut-être qu'un alcool frelaté a eu raison de ma mémoire déjà friable. Comme disait Mr Malaussène dans le livre « Au bonheur des ogres »[13], *« j'ai beaucoup de mémoire mais je ne*

---

[13] **Au bonheur des ogres.** Roman Policier de Daniel Pennac 1985.

sais pas ce que j'ai dedans… ». Ça résume bien mes facultés à mon réveil ce matin-là.

Il est 14h, mon pied gauche décide de prendre les devants. Ma tête et le reste de mon corps essaient de suivre mais rien n'est en accord. Je me déplace tant bien que mal jusqu'à la salle de bain, une main sur le front, l'autre qui caresse les murs, un appui supplémentaire n'étant pas du luxe. Urgence ! Petit détour imprévu mais obligatoire par les toilettes…

Aucun nuancier de peinture ne proposerait la couleur de mon compte rendu de la veille. J'ai même dû rajouter des piments au liquide jovial tellement la gorge me brûle ! Le plaisir de la veille fait si mal à présent…

Pas loin d'un quart d'heure plus tard les ouvriers de l'usine à cailloux ont quintuplé leurs activités. Je fais couler l'eau de la douche, froide s'il vous plaît ! Pas un degré de plus ! Au moment où je m'apprête à passer sous l'eau, le carillon de la porte retentit.

« Si c'était la suite de
notre destin »

A nouveau dans une phase de réveil, la mémoire m'a encore joué des tours. Mais cette fois ce n'était pas l'alcool. J'étais sur un lit d'hôpital ! Autant le réveil précédent n'était pas agréable mais celui-là ! Moment de panique, je me pince, je regarde à droite puis à gauche, la pièce est vide de réponse. Ma jambe gauche qui avait pris l'initiative d'un lever peut-être anticipé m'a semblée lourde. J'ai soulevé le drap ; plâtré des orteils au genou ! La porte de la chambre s'est ouverte au même instant.

Amandine ! Un café à la main, elle me sourit, s'approche, me fait un bisou sur le front.

— Comment vas-tu Clément ?
— Je ne sais pas, c'est plutôt à toi de me le dire. Qu'est-ce que je fais ici et en plus la jambe au plâtre ?
— Fracture du tibia
— Fracture du tibia ! Mais quoi ? Comment ? Je ne me rappelle de rien !

Les ouvriers de la concasseuse étaient apparemment en 3X8...

— J'ai mal à la tête aussi, même si je me souviens avoir eu mal avant de ne plus me re-rappeler justement... je ne comprends plus rien !

— Re-rappeler ?...

Vu les yeux d'Amandine à la suite de mon analyse, je n'étais pas le seul à ne pas comprendre... alors j'ai enchaîné.

— Bref... Je t'expliquerai, alors Amandine raconte !

Là, Amandine se lève, il ne manque plus que les rideaux rouges du théâtre et nous y sommes. Elle se déplace dans la chambre, mime et commente chaque geste. Je la vois telle la comédienne qu'elle rêvait d'être. Et j'avoue que je vis la scène en direct.

— Alors voilà. Je suis venue chez toi vers 14h15

Ah ! La fameuse sonnette, mon dernier souvenir...

— Je sonne puis j'entends un gros bruit, comme une collision frontale. Vu que tu avais laissé les clefs dans la serrure extérieure ça m'a été facile de rentrer. Je pousse la porte doucement. Clément ? Clément ?...

En direct live !

— L'eau de la douche coulait mais pas que dans le bac, le couloir était devenu un joli petit ruisseau... alors je remonte le cours d'eau vers la salle de bain et je te vois étendu sur le sol, accroché au tuyau, la pomme près de la bouche tel un micro qui aurait pu te noyer à lui seul… Tu étais inconscient et vu l'état géométrique de ta jambe, il valait mieux. J'ai coupé l'eau et j'ai essayé de te ramener à la surface, mais je ne pouvais rien y faire. Le rebord du lavabo a été bien plus fort que mes petites gifles sur tes joues. Alors j'ai appelé les pompiers, et te voilà. Opération d'urgence, intervention à 17h, ils t'ont laissé volontairement dans ton inconscience, accompagné de cachets pour éviter la douleur.

— Il est quelle heure ?
— 22h. Je vais devoir rentrer, les portes ferment à 22h30.

Quelle honte ! Elle m'avait vu écroulé dans ma salle de bain, certainement la bave de mon dernier coucou à la cuvette encore accrochée. Nu, incapable de me réveiller, une haleine à faire évacuer un zoo. Elle, Amandine, mon objectif, celle que je voulais reconquérir. Mauvaise pioche, repassez par la case départ ! Et attendez 150 ans pour jouer votre tour…

— Désolé Amandine, je me rappelle avoir entendu sonner, et puis plus rien.
— Amnésie passagère due au choc et le trauma occasionné selon le docteur. Apparemment tu as « glissé chef » me dit-elle avec un sourire en coin.

— Tu ne peux pas savoir à quel point je suis gêné !

— Ce n'est rien Clément il vaut mieux que ce soit moi qui t'ai trouvé dans cet état que le voisin ou la voisine.

A y bien réfléchir, je ne sais pas. Un déménagement aurait suffi…

— Tu vas me trouver curieuse mais les clefs sur ta porte ?

— Euh… c'est-à-dire que je suis rentré tard de chez Manu et j'ai un peu oublié de les enlever. On va dire ça comme ça…

— Oui, ça ne me regarde pas mais fais attention, Cela ne sera pas toujours utile de les laisser.

Elle a fini son café, pensive et secrète. Moi, bien ancré dans mon lit, c'est la seule fois où j'ai été impatient qu'Amandine parte et me laisse seul !

— Clément, je vais rentrer. Repose-toi bien, parce que pour être franche, tu n'as vraiment pas bonne mine.

— Merci pour tout, et encore désolé.

— Il n'y a pas de quoi

— Amandine ?!

— Oui ?

— Comment te sens-tu ? Tu as pu te reposer hier soir ?

— Oui, oui ne sois pas inquiet.

Je n'aime pas ces « oui, oui ne t'inquiète pas… ! » J'aurais presque préféré qu'elle ferme la porte sans me répondre.

Je suis resté trois jours hospitalisé, Amandine est venue tous les jours. Elle m'a raccompagné jusqu'à mon appartement. Elle avait tout rangé et nettoyé la piscine éphémère de la salle de bain. On aurait été entre hommes j'aurais dit « une vraie femme à marier ! ». On a pris un repas chez le traiteur du quartier et nous avons mangé ensemble sur la table du salon, comme avant.

A 14h, Amandine m'a donné le planning de mon hospitalisation à domicile et est repartie travailler. Elle mangera tous les midis avec moi et passera quelques soirées, et promis elle essaiera de me sortir dès qu'elle pourra. Je pense que l'image de mon corps inconscient dans la salle de bain l'avait marquée. Les jours suivant sont passés comme prévus. Un petit dîner, une balade dans le parc, quelques restaurants le soir… Et si cette chute était un mal pour un bien ? Si c'était la suite de notre destin ? Pourquoi avoir laissé les clefs sur la porte ? Pourquoi est-elle venue ce jour-là ?...

Ces derniers jours passés ensemble nous avaient rapprochés à nouveau. Un mélange de bien-être et de gêne. Des envies passagères de nous retrouver dans la chambre Gabriel nous effleuraient l'esprit. N'est-ce pas là le secret d'un couple pour ce qui concerne le sexe ? Ne faut-il pas se sentir bien l'un envers l'autre au rythme de journées agréables pour avoir envie de nos chairs ? Au travers des discussions que nous avons eues librement au sujet de nos envies, je pense avoir compris cette éternelle différence entre l'homme et la femme.

Sur l'envie de l'un et de l'autre, ce mécanisme est plus évolué côté féminin. L'alchimie sexuelle pour nous les hommes, n'est qu'un simple rouage de roue dentée, qui nécessite seulement un entretien périodique. Mais j'avoue que l'envie qui vient de plaisirs journaliers avec notre compagne, notre amour, notre femme, ce désir qui monte est évidemment plus intense et plus agréable qu'une simple étreinte même amoureuse. Alors non, pendant cette période nous n'avons pas « recraqué ». La raison a été plus forte.

« *Trouver les mots afin de la rassurer* »

Rendez-vous pour mon premier bilan sanguin une dizaine de jours plus tard. Amandine a souhaité m'accompagner. Plus les jours avançaient et plus je la trouvais fatiguée. Je culpabilisais de la voir s'occuper de moi alors qu'elle commençait à être plus qu'enceinte. L'infirmière s'est approchée :

— C'est à vous !

Puis elle s'est tournée vers Amandine

— Comment allez-vous ? Ça va mieux ? Votre bilan sera prêt demain normalement. Comme ce n'est pas courant, il doit être lu par un spécialiste.

Je me tourne à mon tour vers Amandine avec un regard d'incompréhension.

— Oui merci, ça ne presse pas… répondit elle à l'infirmière, rouge de gêne.

Durant le prélèvement, j'ai tenté d'interroger la blouse blanche, en vain. Cette expression « pas courant » résonnait dans ma tête. Amandine me cachait quelque chose et je n'aimais pas ça ! Si cela concernait la grossesse je devais être autant informé qu'elle. La colère me montait tellement que l'aiguille a dû s'y reprendre à trois fois pour transpercer ma peau et prendre le sang bouillant de mes veines.

Le trajet retour fut silencieux telle une nef d'église abandonnée.

J'ai arrêté le moteur devant ma résidence.

— Amandine vient prendre un café s'il te plaît, je crois que tu as quelque chose à m'expliquer.

Nous nous sommes installés sur le canapé. Elle m'a regardé et s'est effondrée en larmes.

— Amandine, qu'est-ce qu'il se passe ?

Je la prends dans mes bras, les larmes se stoppent net. Je vois bien qu'elle lutte pour ne pas que je panique, mais ses mains tremblantes la trahissent.

— Dis-moi Amandine, dis-moi s'il te plaît je ne peux plus attendre !!

— La première fois que tu m'as vu faire un malaise ce n'était pas le premier et ils se sont amplifiés de jour en jour. Mais au-delà de ces malaises, j'ai eu des crises semblables à l'épilepsie, et cela m'a affolée, alors je suis allée consulter mon médecin.

C'était à mon tour de trembler.

— Il m'a tout d'abord trouvé une hypertension artérielle, en soit rien de grave, je ne suis pas la seule personne, mais les crises cumulées aux malaises l'ont obligé à approfondir les examens.

Nous étions encore ce soir-là dans l'attente de résultats de tous types d'analyses et contrôles qu'elle avait effectués sans me tenir au courant pour ne pas « me faire peur pour rien » m'avait-elle alors dit. Ne serais-je pas assez fort pour supporter la maladie d'une autre personne et en plus de la femme que j'aime ? Serais-je un tout petit homme ? Pas assez mûr ? Serais-je égoïste à ses yeux ? Je suis passé au travers d'émotions diverses à cette annonce, mais j'ai gardé ma fierté au fond de moi et je n'ai rien montré. Je l'ai réconfortée comme j'ai pu, essayé de trouver les mots afin de la rassurer. Mais de voir Amandine dans cet état me dépassait finalement.

— Tu te rends compte ? Rien qu'avec des symptômes, ils me prédisent déjà le pire !

Que répondre à ça ? Moi qui ne consulte les médecins que sur mon lit de mort probable…

Nous sommes allés au verdict ensemble. Le spécialiste l'avait convoquée en urgence le mardi 23 septembre. Une paire de gants sur la langue, des mots à décourager un étudiant en médecine, il nous a dévoilé la maladie d'Amandine, sa maladie, la mienne, la nôtre maintenant.

— Voilà, nous avons déjà été aiguillés par les symptômes précédents. Je ne vous cache pas que ce n'est pas banal et surtout pas sans risque. Il faudra que vous soyez vigilante tout au long du reste de votre grossesse et même les semaines suivantes.

Bon quand tu veux ! Envoie la flèche ! Arrête de nous viser et de nous tenir au bord de la vie. Nous sommes prêts notre cœur est armé d'acier, tu ne nous auras pas avec ton annonce grave !

J'ai pris la main d'Amandine, nous ne faisions qu'un ! Envoie !

— Je ne sais pas si vous avez déjà entendu parler de la Pré-éclampsie ?

Bien sûr que non ! Nous ne connaissons pas notre prochaine ennemie, alors détaille !

— C'est une maladie rare, mais qui n'apparaît qu'en général vers la deuxième moitié de la grossesse. Vous, c'est plutôt prématuré, nous ne sommes pas habitués à ça. Mais nous allons vous suivre de très près. Pour faire simple, c'est une mauvaise vascularisation du placenta.

— Mais quels sont les risques pour le bébé ?

— Le problème dans cette maladie madame, c'est que le risque ne concerne pas que le bébé. Vous êtes également concernée si cette maladie évolue à son terme d'éclampsie. Mais comme je vous le dis, peut-être que le fait de la prendre en charge au plus tôt sera bénéfique.

Voilà… comme il dit. Nous y étions. Nous avons pensé que les derniers moments de grossesse ne seraient que stress et tristesse. Comment allions-nous vivre maintenant avec cette épée juste au-dessus du crâne ? Cette épée tenue seulement par un fil, celui de notre vie. S'il lâche, alors notre histoire…

Les allers retours à la clinique dont je rêvais au début du mois de juin ne sont devenus que cauchemar. Des malaises à répétition, la prise en charge précoce de la maladie n'a pas eu raison de son évolution. Les médecins n'arrivaient pas à réguler son hypertension. Le stress était proportionnel à chaque voyage à la clinique. Le bébé se portait tout de même bien. La mère protectrice était déjà en action.

L'impression qu'un voyage inattendu et incontrôlable nous attendait au bout de chaque aventure hospitalière devenait insupportable. Alors, Amandine a laissé des affaires de temps en temps chez moi et inconsciemment s'est installée dans mon appartement, *« mais du provisoire, juste le temps de la grossesse »* m'avait-elle bien précisé.

Un nouveau contrat est né ! Elle dans ma chambre, moi sur le canapé… Notre présence commune nous suffisait pour survivre et survoler le monde qui nous entourait. Nous avons passé les fêtes de fin d'année enfermés dans mon appartement. Nous avons construit au fur et à mesure de ces semaines un mur autour de nous. « The WALL[14] »

---

[14] THE WALL. 1979 Pink Floyd

« Amandine j'ai si peur
si tu savais »

Le mois de février a pointé le bout de son nez. Cet hiver-là fut l'un des plus froids de cette dernière décennie.

Cela faisait dix jours qu'Amandine était alitée à l'hôpital de la ville. Les allers retours ne servaient plus à rien, les médecins ont préféré qu'elle soit sous surveillance permanente pour les derniers jours de grossesse.

Je m'étais entendu avec mon patron et ne travaillais que deux soirs par semaine. Les nuits restantes je les passais à son chevet.

Si j'avais pris le temps de t'écrire mon amour et te dire mes maux, ils auraient été ceux-là :

Amandine,

J'ai si peur si tu savais. Les jours passent très vite et à la fois trop lentement. J'ai peur de l'accouchement mais j'ai l'impatience qui monte à l'idée que ta souffrance soit terminée. Que notre enfant vienne enlever tes douleurs et mes peurs. Nous n'avons toujours pas décidé d'un prénom. Le sujet de l'enfant est devenu médical et non plus un rêve. Aucun de nous n'a pris le risque d'installer la chambre, et pourtant enfouie dans notre tête, la vie d'après est encore présente. Je voudrais que tu saches combien je souffre à chaque contraction, à chaque crise musculaire que ta maladie te fait endurer. Je souffre de nos soirées sur le canapé à essayer de te réconforter avec mes mots parfois transparents de compassion tellement j'ai déjà utilisé le vocabulaire qui est en moi. Chaque larme que ton corps fait ruisseler sur tes joues est pour moi de l'impuissance. J'aimerais pouvoir te faire oublier rien qu'un instant cette vie qui a fait de nous des esclaves. Esclaves d'attente, esclaves de résultat, de l'avancement, de stagnation et de recul... Je voudrais prendre pour moi cette maladie et la combattre tel un homme, un homme que tu veux que je sois et que je serai. Nous sommes censés être là pour ça, non ? Nous les « mâles », les protecteurs de la famille. Si parité parfaite existe un jour entre homme et femme, je veux qu'on garde au moins cela. Ce qui nous fait sentir vivants et utiles : Veiller sur notre famille.

Cela fait déjà quelques semaines que ton ombre erre à nouveau dans les pièces de mon appartement qui est redevenu contractuellement le nôtre. Si je pouvais mesurer et comparer à quelque chose de réel mon amour pour toi. Si je te faisais enfin ma déclaration, si *je t'avouais enfin que ma vie sans toi n'a aucune raison d'être. Elle est simplement fade et noire.*

J'ai mal de te voir alitée, toi qui est vivante en permanence, souffrir pour du bonheur, mais quel est le but ? Qu'on ne me parle pas d'un dieu, pourquoi fait-il le choix de te faire souffrir ?

Sache que je serai toujours présent pour toi, même si tu prends la décision de regagner ton nid et de notre enfant, en faire deux moitiés.

Clément,

Les contractions sont devenues de plus en plus rapprochées. Cela faisait deux jours que je ne quittais pas la chambre d'Amandine. Les seules sorties que je m'autorisais étaient pour retrouver la machine à café. Son corps et son esprit s'affaiblissaient. Son regard avait beau cacher l'inquiétude qu'elle retenait en elle, il n'en restait pas moins vide d'espoir.

A 10h, le gynécologue de permanence a décidé de la placer en « salle de travail ». Quelle est la personne qui a donné ce nom abject à cette salle qui est censée donner vie ? Le mot « travail » convient-il vraiment ?

Je l'accompagne. Elle me lâche la main seulement quand les infirmières la changent de lit. Elle a tellement de tuyaux branchés ! Mais elle lutte pour vivre cet instant comme l'unique fois.

— Souviens-toi des moments de joie Amandine !

Elle me sourit enfin, je sens dans son regard la fin d'une souffrance. Alors c'est à mon tour de verser une larme.

Ne craque pas maintenant. Sois fort jusqu'au dernier instant, quand tu prendras ton enfant et ta promise dans tes bras, tu pourras alors si tu le souhaites verser les larmes que ton corps a tant retenu. Ma conscience a refait surface...

— La tension est trop haute, elle ne baisse pas. Il faut faire une injection !

— Je préfèrerais vous faire une césarienne mademoiselle, nous n'avons pas le choix. Les risques pour vous et votre enfant sont trop grands.

Le regard de la sage-femme n'avait rien de rassurant. Son masque ne pouvait cacher toute l'inquiétude professionnelle et humaine.

— Amandine il faut les écouter. Je t'attendrai au plus proche de la porte.

Nos mains se sont quittées au rythme du lit qui roulait à toute vitesse dans les couloirs. Avant que la porte de la salle blanche nous coupe le regard j'ai crié :

— Amandine ! Je t'aime !

Réveille-toi

J'ai fait un rêve
Tu étais près de moi.
J'ai fait ce rêve
Tu revenais vers moi.

Tu es partie dans un pays que je ne connais pas,
Un monde dont tu ne reviens pas.
Seul le souvenir me rappelle
Que ma vie n'a plus d'elle.

La vie m'a pris ce que j'avais
Toi mon amour, ma fée.
Tu as fait de moi un homme,
Dans mon cœur ton âme raisonne.

Les nuages noirs survoleront les quatre saisons.
Dans la panique de nos derniers liens
Nous avons omis de choisir un prénom.
J'ai voulu qu'il soit le nôtre, le mien, le tien.

J'ai voulu que ce prénom nous ressemble
Et nous rassemble.
Alors Amandine si tu m'entends
Serge sera notre enfant.

J'ai condamné la porte de notre nid,
Ton ombre errait et mettait mon cœur en débris.
Je communiquerai avec toi à travers les ondes
Comme Une partition entre deux mondes.

Amandine,

Notre histoire m'a permis de répondre à cet instant de vie qui me hantait jusqu'à maintenant.
« A quatre-vingts ans devant le miroir, je fais le bilan. »
La réponse faisait partie de notre chanson et nous ne l'avions pas vue.

« La vie ne vaut d'être vécue sans amour ».

Clément,

Epilogue

Mardi 20 février 2001
« les premières heures »

Amandine, nous sommes tous les deux, Serge et moi, sur ce parking désert de l'hôpital. Ce « nous » que je convoitais tant est devenu une réalité dramatique. Notre enfant et moi seulement. Comment pourrais-je lui dire ou lui raconter que de l'avoir voulu nous nous sommes perdus ! Serge est dans mes bras qui n'ont plus de force. Je n'ai plus de courage, plus d'âme… Je vais devoir remuscler mon corps et mon cœur pour lui donner la vie et l'amour que nous lui aurions donnés.

Mon cœur saigne bien sûr et ne cessera de saigner. Je n'ai pas osé prendre Serge dans les bras les premiers jours de sa vie. De le voir, inconscient de ce qui l'attend et ce qu'il a vécu dans ses premières heures. Le voir ouvrir les yeux, serrer mon doigt que j'ai enfin osé lui donner. J'ai mal mon amour.

Mercredi 21 février 2001
« mes premiers pas de papa »

Nous nous sommes installés dans notre nouveau cocon. Celui d'avant ne se décrivait qu'en noir et blanc, les couleurs de ton souvenir éternel. C'est Manu qui a fait l'état des lieux et mes bagages. Franchir le seuil de la porte avec Serge seulement m'était inimaginable. J'ai préféré nous reconstruire dans un lieu qui a connu une autre vie et qui connaîtra la nôtre.

Son premier biberon, son premier bain, ses premiers pleurs que j'ai accompagnés, mes premiers pas de papa maladroit sur la corvée des couches, mon premier baiser sur son front pour lui souhaiter bonne nuit, mes premières inquiétudes au moindre mouvement de son corps endormi.

Je t'écris après avoir contemplé le plafond où je grave ton visage au travers les nuances de peintures. Je rêve de ton souffle dans ma nuque, de ta voix, ton odeur, ton sourire. Auras-tu pris soin de laisser une grande part de toi à Serge ?

Jeudi 22 février 2001
« le jour noir »

Pas la force d'écrire aujourd'hui Amandine. J'en suis désolé. Tu m'as l'air seulement assoupie. Les pleurs n'y changeront rien. J'ai passé autour de ton doigt le bracelet de naissance de Serge comme l'alliance que je rêvais secrètement de t'offrir. Viens me voir, la nuit, dans mes rêves, viens me dire des mots doux. Franchis seulement les nuages et emporte de nous que les souvenirs de jours heureux. Mais je t'en prie, attends-moi.
Je t'aime.

Vendredi 23 février 2001
« c'est une réalité »

Mes rêves se sont enfouis sous les roses blanches. Le réveil est compliqué. Les gestes sont réfléchis, calculés, à l'avant-garde du « si ». Ce mot que tu utilisais tant et qui me hantait. Ce mot devient mon quotidien. Protéger ce qui reste de nous, ce qui me fait survivre depuis ce 14 février où la vie a fait de nous un passé composé de toi, moi et Serge. Jusque-là il me rend la vie plutôt facile, mais ce matin premiers pleurs incompréhensibles…
Ce n'est pas le biberon qu'il réclame, ce n'est pas non plus les caresses dans le dos qui ont plutôt tendance à le calmer d'habitude. Je ne sais plus quoi faire. Direction les urgences.

Diagnostic ; mauvaise digestion du lait.

A la sortie de l'hôpital je suis passé devant la porte de la maternité. Les souvenirs récents se bousculent, Serge dans mes bras, m'a regardé et m'a souri pour la première fois.

Papa,

J'ai découvert maman au travers de ton carnet que tu portais toujours sur toi. Ce carnet nourrit de lettres, de poèmes, de chagrins et de bonheurs.

Celle que je n'ai jamais connue, celle dont tu as gardé secrète la rencontre pendant une trentaine d'années pour me la révéler un soir auprès d'une cheminée d'un refuge de montagne.

A ton honneur de parent(s) que tu as été pour moi, j'ai remis à l'endroit tous tes sentiments couchés sur ces papiers et écris votre roman. Sache papa, que maman m'a manqué énormément mais que tu as su tout au long de ma vie combler ces manques. J'ai versé tant de larmes en lisant tes lignes.

Je m'en veux parfois d'avoir rajouté des cicatrices à tes souffrances.

Papa, l'amour que tu portes pour maman traversera les nuages qui te mèneront près d'elle.

Je sais qu'elle t'attend quelque part sur un banc en apesanteur au bord de tes couplets et qu'elle t'aime comme tu as pu l'aimer.

J'entendais battre son cœur quand ta voix et tes mains s'approchaient de moi. Dans ces moments de partage la douceur de son épiderme nous unissait tous les trois…

Serge, votre fils qui vous aime

REMERCIEMENTS

Je remercie énormément toutes les personnes qui ont contribué aux différentes corrections et lectures de mon premier roman : Jacques Brau, Hélène Pla, Josiane Barbé, Karine Brana et Elodie Mouillaud.

Un merci tout particulier à celle qui m'a tenu par la main, poussé et fait confiance pour m'accompagner jusqu'au point final de ces écrits.

Ce fut une magnifique aventure de l'esprit.